★원작·원안
커버 주식회사
토키노 소라
버츄얼 아이돌이지만
응원해 주실 건가요?

친구A (A짱)
버츄얼 아이돌
생방송 중 ♪

토키노 소라
안키모

둘이서 VR 호러 게임에
챌린지!
"자, A짱!
지하도 탐색하자~!
탐색이다♪
탐색이다♪"

"와~ 깜깜해!"
"무리무리무리!
시야가 제한된다니
정말로 무리야!"

소라의 소중한 추억들

"소라의 의상을 새삼스레 돌아보니 상당히 많네."
"첫 의상도 왠지 그립네~."

토키노 소라

버츄얼 아이돌이지만
응원해 주실 건가요?

contents

목차

토키노 소라
버츄얼 아이돌이지만
응원해 주실 건가요?

커버 주식회사 | 원작·원안
우즈키 류노스케 | 저자
오르단 | 일러스트

【1】 토키노 소라, 생방송 중!

"소라, 좀 더 앞으로 나와서…."

"으음, 이 정도면 되려나… 좋아. 완벽해!"

나는 스튜디오의 중심에 서서 카메라에 비치는 모습을 확인했다.

정면에 설치된 모니터에는 내 모습이 비치고 있다.

나풀나풀한 롱 헤어에 동그란 눈, 하늘색을 기조로 한 노슬리브 재킷에 미니스커트, 그리고 액센트가 되는 빨간 리본과 별 머리핀.

이게 나, 버츄얼 아이돌 토키노 소라다.

꿈은 동경하는 요코하마 아레나에서 라이브를 하는 것!

나는 어린 시절부터 꿈꿨던 그 목표를 향해 매진하고 있다.

오늘도 아이돌 활동 중 하나, 내 채널에서 공개할 영상을 촬영하는 중이다.

"A짱, 오늘은 어떤 동영상을 찍을 거야?"

나는 촬영 기재에 둘러싸인 여자아이에게 말을 걸었다.

안경을 쓰고 파란 리본을 단 그녀는 나의 절친인 A짱.

본인은 『친구A』라고 자칭하고 있다.

A짱은 컴퓨터 조작이나 동영상 편집이 특기이고, 내 아이돌 활동을 도와주고 있다. 오늘도 컴퓨터와 마주 보면서 후방 작업을 해주고 있는데, 최근에는 나와 함께 동영상이나 생방송에 참여하는 일도 늘어났다. 절친과 함께 활동하는 건 정말로 든든해서, 나는 언제나 A짱의 존재에 도움을 받고 있다.

“소라는 VTuber들 사이에서 대유행 중인 기획에 도전해 줘야 해.”

“대유행 중인 기획…이라니 뭔데?”

“후후후. 소라도 유튜브에서 본 적 있을지도 몰라.”

A짱이 뭔가 의미심장하게 웃었다.

나처럼 『유튜브』를 통해서 동영상을 투고하는 사람들은 『버츄얼 유튜버』라고 불린다. 줄여서 『VTuber』다. 그런 VTuber들이 현재 급증 중이라, 나도 친구가 많이 늘어나게 돼서 굉장히 기쁘다.

“우선 내가 찾은 참고 동영상을 모니터에 틀게.”

“고마워, A짱! 어떤 기획일까, 두근두근….”

피아노를 치면서 노래 부르기 같은 거면 좋겠다. 나는 내심 기대했다.

나는 어릴 때부터 노래나 피아노 연주를 좋아했다. 동영상이나 생방송 기획 때 보여주는 일도 많아서, 그걸 위해 지금도 연습을 거르지 않고 있다. 언젠가 요코하마 아레나에 섰을 때도 연주하면서 노래하고 싶다고 생각하고 있을 정도다.

"참고 동영상을 볼 때부터 촬영할게. 리액션도 확실히 보여줘야 해."

"네~에."

"그럼 촬영 시작할게. 3, 2, 1…."

A짱이 컴퓨터를 조작하자, 녹화가 시작되는 동시에 모니터에 참고 동영상이 나오기 시작했다. 그곳에 비친 건, 알고 있는 VTuber가 인스턴트 야키소바를 먹으려 하는 모습이었다.

"앗! 이거 요즘 화제인… 그거네~."

나는 한눈에 알아챘다.

터무니없이 맵다고 소문이 자자한 인스턴트 야키소바『페양구 격신(檄辛) 야키소바 MAX END(통칭 격신 MAX END)』완식에 도전하는 챌린지 기획이 요즘 VTuber들 사이에서 유행 중이다.

"다들 굉장히 맵다고 하던데, 면이 좀 빨갛기도 해서 그냥 맛있어 보이는데~."

"자자, 보면 알 거야."

A짱의 말대로, 영상에서는 터무니없는 일이 벌어지고 있었다.

그녀가 정리해 준 참고 영상에서는 몇 명의 VTuber가 완식에 도전했지만, 모두가 그 매운맛을 버티지 못하고 목이 메어 울거나, 테이블을 쾅쾅 두드리거나, 의자에서 굴러떨어지거나… 아무리 그래도 너무 오버하는 게 아닌가 싶을 정도의 리액션을 보이고 있었다.

"아프다고 말하고 있네~. 아프다니, 대체 어떤 느낌인 걸까."

나는 미안하다고 생각하면서도 그만 키득 웃고 말았다.

리액션 동영상은 어째서 이렇게 재미있는 걸까?

"우, 울 것 같아… 울 것 같아! 울려고 하고 있어! 게다가 물 마시는 걸 멈출 수 없는 것 같아~. 다들 굉장한 기세로 마시고 있어~. 근데 물만으로는 어찌할 수 없는 것 같네."

"다들 정말로 열심히 완식하고 있네."

"응. 나는 도저히 다 먹을 수 없을 것 같아…."

"그런고로, 소라도 먹고 나서 감상을 남겨줘야겠습니다."

"뭐?!"

"자, 이미 만들어 놨으니까."

깜짝 놀라는 내 옆에서, A짱이 인스턴트 야키소바를 내밀었다. 아무래도 기재 뒤에 숨겨놓고 있었던 모양이다. 꼼꼼하게도 용기의 김 빼는 구멍에서 증기가 오르고 있을 정도였다. 아직 뚜껑을 열지도 않았건만, 내용물이 너무나도 맵다고 생각하자 어깨에 힘이 들어갔다.

"여기서 참고 동영상을 보는 장면은 종료…. 편집해서 동영상 처음 부분에 넣어둘게. 지금부터는 동영상 본편 촬영으로 들어갈 테니까, 우선 평소대로 인사 잘 부탁해."

"우우우… 알았어어…."

여느 때처럼 급하게 몰아붙이는 A짱의 모습에 두근두근하면서도, 나는 정면 카메라를 향해 인사했다.

"소라토모 여러분~ 잘 지냈어~? 토키노 소라입니다…."

여느 때의 인사도 오늘은 조금 힘이 빠져버렸다.

참고로 『소라토모』라는 팬 명칭은 생방송 중에 시청자들과 함께 정한 것이다. 팬들과 편하게 교류할 수 있는 것도, 동영상이나 생방송을 중심으로 활동하는 버츄얼 아이돌의 매력이라고 생각한다.

그리고 동영상을 기대하고 있는 소라토모들을 위해서라도, 여기서는 음식 감상을 완벽하게 하면서 완식해야겠지!

"노려라 아이돌. 토키노 소라 챌린지!"

나는 카메라를 향해 제목을 외쳤다.

토키노 소라 챌린지는 내가 어엿한 아이돌이 되는 걸 목표로 삼고 여러 일에 도전하는 기획이다. 어떤 것에 도전할지는 A짱이 생각해 주기도 하고, 소라토모들이 제안해 주기도 한다.

이번 기획은 틀림없이 A짱이 생각한 걸 거다. A짱은 때때로 괴롭히는 듯한 기획을 생각하니까…. 그래도 재미있어 보이는 기획을 확실하게 고르는 걸 보면 역시 A짱의 기획력은 대단하다.

"…그런고로, 오늘은 『페양구 야키소바 격신 MAX END』를 먹고 감상을 남겨보려고 합니다~."

나는 동영상을 봐주는 소라토모들을 향해 말했다.

"저는 격신이라고 부르는 걸 먹어본 적이 지금까지 한 번도 없거든요. 그래서 어떤 반응이 나올지 저도 잘 모르니까…. 조금 두근두근하네요. 뭔가 손도 파들파들파들파들 떨리고 있고!"

카메라에 살짝 땀이 밴 양손을 보여줬다.

먹기 전부터 이런 상황인데, 나, 괜찮을까?

"그런고로, A짱이 만들어 준 페양구 야키소바 격신… 격신 MAX END를 먹어보려고 합니다!"

가슴이 두근거려서 혀가 안 돌아갔다.

A짱이 지켜보는 가운데, 야키소바 용기 뚜껑을 열어봤다.

그러자, 소스와 파래의 좋은 냄새가 확 풍겼다.

"냄새는…. 응, 제가 좋아하는 페양구네요."

지금까지는 딱히 별난 구석이 없다.

"그러니까, 매워 보이는 느낌은 안 들지만… 도전해 보겠습니다!"

나는 "잘 먹겠습니다."라고 말하면서 결의를 다지고, 페양구 야키소바 격신 MAX END를 한 입 먹어봤다.

그 순간, 많이 먹어서 익숙한 페양구의 맛이 입 안 가득 퍼졌다.

"음…."

이 페양구… 전혀 안 맵지 않나?

뭐랄까, 그냥 맛있다. 찌릿찌릿한 매운맛의 편린조차 느껴지지 않는다. A짱이 잘못 만들었다고는 생각할 수 없고…. 그럼 혹시 내 미각이 이상하다거나?!

나는 A짱에게 힐끔 시선을 보냈다.

A짱은『더 먹어!』라는 제스처를 보였다.

"하, 한 입 더 먹어볼게요… 한 입 더 먹어볼게요!"

눈물이 나올 만큼 맵다는 평가였던 페양구 야키소바 격신 MAX END를 먹고 제대로 된 리액션을 하지 못한다면 기획으로는 대실패다.

이번에는 만약을 위해 입 안 가득 들어갈 만큼 많이 먹었다.

"흣…."

그러나 역시 여느 때처럼 맛있어서, 저도 모르게 이상한 웃음이 나오고 말았다.

"이, 이야~… 펴, 평범하게 맛있네에!"

등에서 꺼림칙~한 땀이 배어 나왔다.

'어, 어쩌지…. 분명 매운 걸 먹었을 때의 리액션을 요구하고 있을 텐데. 이 동영상을 보는 소라토모들도 기대하고 있을 거고, 기획을 준비해준 A짱에게도 폐가 될 거고….'

이렇게 되면 각오를 다질 수밖에 없다.

'나도 아이돌이니까, 연기 정도는 해 보이겠어!'

게다가… 소라토모들을 실망시키고 싶지 않다.

나는 깊게 숨을 들이쉰 뒤, 빠르게 말을 늘어놓았다.

"우, 우와아~! 매워매워매워! 엄청 매워!"

괘, 괜찮으려나?

노골적으로 어색한 발언이지 않았나?

"마, 맛은 굉장히 좋았다고 생각합니다! 어째서일까, 저기… 매운 걸 좋아하는 사람에게는 정말 최고의 포상 같은 느낌이었고…. 응, 뒷맛도 대단했어요! 어, 어째서일까…. 처음에는 평범하게 먹을 수 있었는데…."

곤란해! 음식 리뷰인데 좋은 비유가 떠오르지 않아!

초조한 나머지, 정말 매운 걸 먹은 것처럼 얼굴이 뜨거워졌다.

이 열기를 표현한다면, 예를 들어서—.

"뭐랄까…. 맞아, 뭐랄까… 입 안에서 드래곤이 불을 뿜는 느낌! 제 안에서 드래곤이 불을 뿜으며 날뛰는 느낌이라… 아프다는 느낌이네요. 아픈 느낌의 자극이 전해집니다! 그래도, 먹다 보면 이 아픈 느낌이 굉장히 기분 좋게… 되지 않을까 생각합니다!"

떠오르는 걸 전부 말해봤지만, 멀쩡한 음식 리뷰라는 생각이 전혀 들지 않는다.

"하, 한 번 더 도전해 보려고 합니다!"

내가 노골적으로 당황하는 가운데.

"저기, 소라."

음식 리뷰를 조용히 지켜보던 A짱이 입을 열었다.

"어떻게 매운지 구체적으로 가르쳐 줄래?"

"구체적으로?!"

그렇다면, 나의 아까 음식 감상은 전혀 구체적인 게 아니었나?!

“하, 한 번 더 가볼게요! 잘 먹겠습니다!”

나는 페양구 야키소바 격신 MAX END를 다시 한입 가득 먹었다.

‘여, 역시 맵게 느껴지지 않아…. 익숙한 맛이야….’

나는 머리를 풀 회전시켜서 매운맛을 상상하며 음식 리뷰를 이어갔다.

“저기…. 입에 넣은 순간, 찌릿하게 왔는데… 그 찌릿함이 슬금슬금 퍼지면서 단번에 펴――엉 하고 폭발하는 것처럼 부풀어 올라요! 그걸 삼키는 거니까, 점점 목 주변이 뜨거워져서, 그 열기가 몸을 따끈따끈하게 해주니까… 추울 때! 먹으면! 몸이, 몸에 좋다고 생각합니다!”

결론.

페양구 야키소바 격신 MAX END는 몸이, 몸에 좋다.

‘이, 이런 음식 리뷰를 해도 괜찮은 걸까…. 마지막에는 말실수도 했고….’

내가 내심 침울해지자, A짱이 어느새 옆에 있었다.

안경에 조명이 반사돼서 그녀의 표정을 읽을 수가 없다.

“소라. 실은 말이지….”

절친 A짱은 이번 기획에 어떤 평가를 내릴까?

불안해하는 나를 향해, 그녀가 뭐라 표현하기 힘든 표정으로 말했다.

“이번 기획…. 몰래카메라였습니다!”

“…….”

머리가 냉정해질 때까지 몇 초 걸렸다.

나의 뇌리에서 일련의 음식 리뷰가 주마등처럼 흘러갔다.

“아… 아앗~! 그런 거였나~!”

모든 걸 이해한 순간, 나는 저도 모르게 가슴을 쓸어내렸다.

안도감이 들어서 자연스레 뺨의 힘도 풀어졌다.

“이거 격신 MAX END가 아니라 일반 폐양구지?”

“응. 지극히 평범한 거.”

“그렇지! 그게, 전혀 안 매웠는걸! 정말로 언제나 먹던 맛있는 거여서…. 그게 말이지. 내가 이상해진 게 아닌가 해서 정말 깜짝 놀랐어! 그렇구나, 몰래카메라였구나…. 조금 안심될지도.”

내게 이끌렸는지, A짱도 표정이 풀어졌다.

“소라라면 매운 걸 먹은 척을 해줄 것 같았어. 매운 걸 먹었을 때의 리액션도 재밌는 기획이겠지만, 나로서는 소라가 열심히 노력하는 모습을 소라토모들에게 보여주고 싶었으니까.”

“그런 거였구나… 역시 A짱, 나를 잘 알고 있네!”

“그야, 소라가 VTuber를 시작하기 전부터 절친이었으니까. 뭐, 그건 넘어가고…. 소라는 다른 동영상 기획에서 다시 격신 MAX END를 먹어줘야겠어.”

“에엑?!”

한고비 넘어서 또 한고비라는 건 이런 걸 말하는 거겠지.

A짱이 시무룩해진 내 어깨를 다정하게 두드려 줬다.

"알았어, 알았어. 나중에 뭔가로 벌충해줄 테니까."

"정말? 내가 좋아하는 게임, 동영상 기획으로 같이 해줄래?"

"그거 분명 내가 거북해 하는 호러 게임…. 아니, 이번에는 소라도 굉장히 애썼으니까, 다음에는 내가 소라가 하고 싶은 기획에 어울려 줄 차례인가. 일단 하고 싶은 게임을 생각해 봐. 아직 할지 말지 정하지는 않았지만."

"해냈다! A짱, 고마워!"

나는 기쁜 나머지 A짱을 끌어안았다.

몰래카메라였던 건 깜짝 놀랐지만, 동영상 기획으로는 성공한 것 같아서 정말 다행이다. 소라토모들도 좋아해 주면 기쁘겠네. 동영상의 완성과 공개가 벌써부터 기대됐다.

×

몰래카메라 기획이 공개되고 며칠 뒤.

종례가 끝나고, 오늘도 방과 후가 찾아왔다.

담임선생님이 나가자, 교실의 분위기가 단번에 느슨해졌다.

짐을 정리해서 부활동이나 아르바이트를 나가는 아이도 있고, 친구와 즐겁게 수다를 떨면서 과자를 꺼내는 아이도 있다. 수업이 끝나고 자유로워져서 다들 자기가 하고 싶은 일을 시작하는 이 시간이 나는 꽤 좋았다.

"으~응. 오늘 수업은 끝!"

자기 자리에서 크게 기지개를 켰다.

나는 3학년이라서, 블레이저 교복에도 익숙해졌다.

아이돌이 되어 요코하마 아레나에서 라이브를 여는 게 어린 시절부터 꿈이었지만, 고등학교에 입학할 무렵에는 내가 정말로 아이돌이 될 거라고는 생각도 못했다.

게다가 학교에 다니면서 아이돌로 활동하다니, 얼마 전의 내게 물었다면 너무 엉뚱한 소리라 믿지 못했을지도 모른다.

"소라. 오늘은 생방송을 하는 날이야."

옆자리에 있는 A짱이 말했다.

동영상이나 생방송에서 언제나 끼는 「파란 리본」은 끼고 있지 않지만, 지적인 안경은 학교에서도 똑같다.

나도 집에서는 안경을 끼기도 하지만, 학교에서는 그다지 변함이 없다.

"괜찮아. 제대로 기억하고 있으니까."

"그래도 확인하는 게 파트너의 역할이라는 거야."

나와 A짱은 같은 고등학교 같은 반에, 놀랍게도 자리도 옆이다. 덕분에 아이돌 활동 이야기를 할 때(교과서를 까먹었을 때도) 굉장히 도움이 많이 된다.

게다가 절친과 옆자리라니… 역시 솔직하게 기쁘니까!

우리의 대화가 들렸는지, 반 친구들도 "토키노, 힘내!"라든가 "생방송 기대하고 있을게."라고 말을 걸어왔다. 다들 우리

활동을 응원해 주는 소라토모들이다.

개중에는 “A짱, 소라한테서 눈 떼면 안 돼.”라며 주의를 주는 아이도 있는데, 내가 그렇게 아슬아슬해 보이는 걸까…?

학교 가방을 어깨에 멘 A짱이 이쪽을 돌아봤다.

“그럼 우리도 스튜디오로 갈까.”

“응. 지각하면 큰일이니까.”

우리는 함께 교실을 나왔다.

지금부터 나는 학생이 아니라, 버츄얼 아이돌 토키노 소라다.

×

도쿄 도내 모처의 스튜디오에 도착한 뒤, 나와 A짱은 각자 옷을 갈아입고 준비를 시작했다. 나는 메이크업, A짱은 기재 체크다.

내가 평소 의상으로 갈아입고 스튜디오에 들어왔을 때도 A짱은 수많은 기재를 상대로 분투하고 있을 때가 많다.

그런 우리가 사용하는 스튜디오는, 사실 카메라에 비치지 않는 곳은 상당히 어질러져 있다.

버츄얼 기술을 사용해서 스튜디오를 바닷속에 가라앉힐 수도, 천장에서 눈이 내리게 할 수도, 마음만 먹으면 스튜디오 통째로 우주로 가는 것도 가능하다.

그리고 그런 기적을 가능하게 만드는 것이 세 대의 컴퓨터를 위시한 수많은 기재다. 수많은 정밀 기계와 무수한 코드에 둘러싸인 모습은 그야말로 비밀기지. 이런 광경을 우리가 직접 만들어 냈다고 생각하니, 가슴이 찡해진다.

'그래도 처음에는 컴퓨터도 한 대밖에 없었지….'

이 스튜디오 자체도 나와 A짱이 함께 성장시켰다.

여기까지 오게 됐으니까, 우리에게는 또 하나의 집 같은 셈이다.

"오…. 갈아입었네?"

A짱이 나를 알아채고 컴퓨터에서 고개를 들었다.

"카메라 체크할 테니까 스튜디오 한가운데에 서 봐."

"네~에."

나는 들은 대로 여느 때의 포지션에 섰다.

확인용 모니터에는 의상을 입은 내 모습이 제대로 비치고 있다.

"으~음…. 변함없이 소매가 없네."

내가 그렇게 중얼거리자, A짱이 갑자기 뿜었다.

"가… 갑자기 왜 그래? 소라."

"내 의상은 몇 번 새로 만든 적이 있고, 어느 것도 귀여워서 마음에 들지만…. 모두 신기하게 소매가 없더라. 소라토모들도 알고 있는 모양이라서, 가끔 『오늘도 소매 없는데 괜찮아?』라는 코멘트를 보내고…."

뭐니 뭐니 해도 체육복풍 의상까지 소매가 없을 만큼 철저

하다.

'혹시 누군가의 음모인 게—.'

거기까지 생각하자, 이번에는 문득 다른 게 신경 쓰였다.

나는 A짱을 빤~히 바라봤다.

"그러고 보니 말이야. A짱은 의상 없어?"

"없어. 어디까지나 후방 작업이니까."

"오늘 생방송은 아니지만, 최근에는 나랑 같이 카메라에 비치는 일이 늘어났잖아. 그러니까 A짱도 스테이지 의상이 필요하지 않을까? 물론 나랑 똑같이 소매 없는 걸로!"

"나는 이게 있으니까 됐어."

A짱은 자주 입는 검은 셔츠를 가리켰다.

가슴에는『천 리 길도 한 걸음부터』라는 격언이 적혀있었다.

"좋아. 카메라하고 음성은 OK…. 아, 방송 시작까지 앞으로 5분밖에 안 남았잖아?!"

"아직 5분은 남았잖아~."

"최종 조정이 힘들다고! 소라 쪽은 준비됐어?"

"나는 이게 있으면 괜찮으니까."

내가 스튜디오에 가져온 건 좋아하는『이 · 로 · 하 · 스』의 백도 플레이버다. 나는 이걸『복숭아하스』라고 부르며, 촬영이나 생방송 때 종종 마시고 있다.

A짱이 어이없다는 표정으로 컴퓨터 앞에 앉았다.

"생방송을 처음 시작할 때는 소라도 허둥대고 있어서 귀엽성이 있었는데….”

“서, 성장한 증거니까! 여유가 있다는 징표니까!”

이런 생방송 전의 대화도 여느 때와 똑같다.

A짱과 이야기하고 있으면 마음이 들뜨고 긴장감이 풀린다.

처음 활동을 시작했을 때는 허둥지둥하면서 몇 번이나 시계를 확인했었다. 그러나 최근에는 이렇게 차분하게 생방송에 임할 수 있게 됐다.

‘좋~아. 오늘도 즐겁게 방송하자!’

그러는 사이에 생방송 카운트다운이 시작됐다.

5, 4, 3, 2, 1….

오후 여덟 시, 이번 주 생방송이 시작된다.

흐르기 시작한 밝고 경쾌한 BGM.

A짱이 컴퓨터를 조작하자, 우리가 있는 스튜디오가 밝고 넓은 공간으로 변했다.

천장 전체가 조명처럼 변하고, 벽은 푸른 하늘 같은 파란색, 바닥은 하얀 타일이 깔렸다. 내 뒤에는 기다란 와이드 스크린이 설치되어 있어서, 상쾌한 색상의 기하학 문양을 비추고 있다.

그리고, 내 눈앞에는 모니터가 세 개 놓여있다.

“소라토모 여러분~ 잘 지냈어~? 토키노 소라입니다!”

나는 마이크를 통해 소라토모들에게 물었다.

"소라토모 여러분, 음량은 괜찮나요?"

그러자 세 개 있는 모니터 중 하나… 코멘트 확인용 모니터에 소라토모들이 적어준 코멘트가 표시되기 시작했다.

나와 A짱에게 인사하는 사람, 최근 공개된 동영상의 감상을 적어주는 사람, 내 질문에 대답하는 코멘트를 해주는 사람…. 오늘도 수많은 소라토모들이 생방송에 모여줬다.

"응. 음량은 괜찮은 것 같네."

나는 코멘트를 확인하면서 고개를 끄덕였다.

"그리고, 오늘은 안키모도 있어~!"

내가 그렇게 말한 순간, 스튜디오에 곰인형 한 마리가 나타났다.

크기는 딱 내 무릎 높이 정도.

안키모는 나와 어린 시절부터 함께 지내온 곰인형이다.

내가 버츄얼 아이돌로 활동을 시작하고 나서, 어느새 말하거나 움직이게 됐다.

참고로 안키모(あんきも)라는 이름도 소라토모들이 제안해준 거다.

내가 『암기(あんきもの)』를 못한다…라는 참으로 미묘한 에피소드가 원인이 됐는데, 지금은 나도 완전히 애착이 생겼다. 무엇보다 안키모 자신이 그 이름을 좋아하고 있다.

그런 안키모는 때때로 이렇게 생방송에 참가하고 있는데—.

『오늘은 나도 도와줄게… 왁?!』

경쾌한 스텝을 밟으며 내 옆으로 오던 안키모가 뒤로 자빠지고 말았다. 게다가 마치 그곳에 구멍함정이 뚫려있었다는 듯이 몸이 바닥에 쏙 들어가고 말았다. 뒤로 자빠진 채 절반이 바닥에 묻혀버린 모습은, 마치 수면에 둥실둥실 떠 있는 것만 같았다.

소라토모들이 안키모를 걱정하는 코멘트를 쏟아냈다.

"괜찮아! 안키모는 묻히는 게 취미니까!"

『역시 오늘도 묻힌 채 바라보기로 할게~. 소라, 힘내~!』

안키모는 내게 손을 흔들면서 재주 좋게 카메라에 찍히는 범위 밖으로 이동했다.

"응. 오늘도 힘낼게~!"

지금부터는 마음을 다잡고, 생방송도 본격적으로 시작이다.

나는 어흠, 하고 헛기침했다.

"그럼 다시 한번…. 소라토모 여러분~ 잘 지냈어~? 토키노 소라입니다!"

우선은 여느 때의 인사와 자기소개.

이 인사와 자기소개도 처음에는 확실히 정해지지 않았었다.

"오늘은 인기 있는 기획을 잔뜩 해보려고 합니다! 사전에 공개한 이야기에 응모해 준 여러분, 정말로 감사합니다. 최대한 많이 소개할 생각이니까 기대해 주세요~?"

우리와 소라토모들이 함께 만드는 생방송이 오늘도 시작된다.

"그럼… 토키노 소라가 당신의 마음속 하늘을 맑고 밝고 건강하게 만들어 줄게요!"

"당신의 마음은 흐림 뒤 맑음! 그런고로, 처음 코너는 『흐림 뒤 맑음』의 생방송 버전입니다!"

내 진행에 맞춰서 스튜디오 공간에 슬라이드가 나타났다.

A짱이 조작해서 꺼내준 거다.

슬라이드에는 『흐림맑음이란?』이라고 적혀있다.

"흐림 뒤 맑음… 줄여서 『흐림맑음』은 소라토모 여러분이 보내준 고민 상담에 대해 제가 코멘트를 하거나 기운 나게 해준다는 트위터 기획입니다. 평소에는 매일 아침 짧은 동영상으로 공개하지만… 오늘은 그 출장판!"

내 말에 호응하듯이 "언제나 기대하고 있어요."라거나 "매일 아침 빠짐없이 보고 있어!"라는 코멘트가 모니터에 표시됐고, 나도 카메라에 비친다는 걸 잊어버릴 만큼 히죽거리고 말았다.

'…아, 히죽거릴 때가 아니었지!'

A짱이 『다음 슬라이드 꺼낼게』라고 스케치북으로 가르쳐줬다.

"그럼 처음 고민은 이쪽!"

스튜디오에 새로운 슬라이드가 나타났고, 카메라 옆에 있는 대본 확인용 모니터에 고민 투고 문장이 표시됐다.

"소라토모 네임 『사회인 1학년』 씨가 보내주신 사연입니다. 사회인 1학년 씨, 사연을 보내주셔서 감사합니다!"

나는 그대로 고민 상담을 읽었다.

"『**처음 뵙겠습니다. 사회인 1학년이라고 합니다. 저는 이름 그대로 올해 갓 취직해서 새롭게 사회인이 됐습니다. 취직 활동에 애쓴 보람이 있어서 제1지망 회사에 입사할 수 있었습니다**』. …오오! 이건 좋은 일이네. 축하합니다♪"

나도 요코하마 아레나에서 라이브를 한다는 꿈이 있으니까, 꿈과 목표를 이뤘다는 소라토모들의 이야기를 들으면 그만 자기 일처럼 기뻐진다. 그것 때문에 이야기에 몰두한 나머지, 고민 상담인데도 본론에서 벗어나는 일도 종종….

'그런데, 꿈을 이뤘다면 고민은 뭘까?'

나는 고민 상담 이야기를 계속 읽었다.

"『**제1지망 회사에 취직한 저였지만, 같은 부서의 상사와 합이 맞지 않아서 언제나 심술궂은 일을 당하고 있습니다**』. …으으으. 이건 확실히 큰일이네. 그래도, 모처럼 들어가고 싶었던 회사에 들어갔잖아. 힘들어도 간단히 그만둘 수는 없겠네."

나는 버츄얼 아이돌을 하면서 누군가에게 괴롭힘 당한 적이 없었지만(가끔 A짱이 무리한 요구를 하는 정도이려나?), 꿈을 좇아갈 때에도 곤란한 일은 언제나 있는 법이니까, 사회인 1학년 씨의 고생을 정말로 공감할 수 있었다.

나는 고민 상담의 마지막 문장을 눈으로 훑었다.

“『그런 심술궂은 일을 매일 겪어온 탓에, 저의 마음은 완전히 피곤 모드로 들어가고 말았습니다. 토키노 소라 씨, 마음이 지쳐버린 저에게 다정하게 옳지옳지 해주세요』. …흠흠. 그거라면 맡겨두라고~!”

이런 상담이라면 특기다.

“언제나 일하느라 고생했어. 오늘도 힘내~.”

내 눈앞에 있는 카메라를 사회인 1학년 씨라고 생각하고 쓰담쓰담했다.

“옳지옳지♪ 옳지옳지♪”

똑같은 고민을 가진 사람이 많은지, 소라토모들의 코멘트에도 치유된다, 격려받았다고 말해주는 사람이 많이 보였다. 다들 기뻐하는 반응을 보니 나도 같이 기뻐진다.

A짱을 힐끔 바라보자 “느낌 괜찮네!”라는 듯이 고개를 끄덕이고 있었다.

“에헤헤. 사회인 1학년 씨에게 쌓인 마음의 피로를 제대로 달랠 수 있었으려나? 저라도 괜찮다면 얼마든지 격려해 줄 테니까, 또 사연을 보내주면 기쁠 것 같네요. 사회인 1학년 씨. 일 열심히 하세요♪”

나는 카메라 너머에 있는 사회인 1학년 씨에게 응원을 보냈다.

자, 기분 좋게 고민을 해결하고 두 번째 고민 상담이다.

“A짱, 다음 고민 부탁합니다!”

내가 그렇게 말하자 스튜디오의 슬라이드가 새로운 걸로 바뀌었고, 모니터에 다음 고민 상담이 표시됐다.

"소라토모 네임 『수험생』 씨…. 호와아~. 수험생 씨라는 건 나랑 같은 고등학교 3학년인 걸까? 아니면 중학교 3학년이라거나? 설마 중학교 수험을 하려는 초등학생…은 역시 아닌가?"

나는 고민 상담을 읽기 시작했다.

"**『소라, A짱. 언제나 즐거운 방송 고맙습니다』.** …에헤헤, 천만에요♪ **『저는 대학 수험을 앞둔 고등학교 3학년인데요, 수험 공부에 좀처럼 집중할 수가 없습니다』.** …이, 이해해! 그거 굉장히 이해해!"

내가 무심코 공감해서 고개를 끄덕였을 때.

"소라는 시험 중에 졸기까지 하니까."

컴퓨터 앞에 있는 A짱이 생각지도 못한 폭로를 하고 말았다.

"조, 졸지는 않았어!"

"소라, 눈이 이리저리 돌아가고 있어."

"으으으…. A짱이 괴롭혀!"

A짱은 나와 달리 마이크를 쓰고 있지 않지만, 내 마이크를 통해서 소라토모들에게도 목소리가 닿고 있는 모양이다. 고민 상담을 하려고 했는데 내 부끄러운 이야기를 갑자기 털어놓다니….

그러자 바로 "소라, 그럼 안 되지!"라는 질타의 목소리나 "소라, 괜찮아? 수면 부족?" 하고 걱정하는 목소리 등이 채팅창에 쏟아졌다. 신경 써주는 건 기쁘지만, 더더욱 부끄러워!

나는 마음을 다잡고 사연을 계속 읽었다.

“『최근에는 수험 공부에 집중하지 못하는 자신이 답답합니다. 소라, 부디 집중력이 없는 저에게 기합을 넣어주세요. 어떤 엄한 매도도 ‘푸슉!’도 각오하고 있으니, 잘 부탁드립니다』. …오오, 굉장히 의욕적이네!”

나는 곧바로 양손으로 더블 V를 만들었다. 그리고 펀치를 날리듯이 양손을 내밀었다.

“그런 말 하면 정말로『푸슉!』해버린다?”

이『푸슉!』이라는 건 생방송 중에 생겨난 내 필살기다.

명중하면 안키모를 화면 밖까지 날려버릴 정도의 위력이 있는데, 어째서 이렇게 강한지는 나도 잘 모른다.

‘그나저나 매도라니, 으으음… 좋아, 떠올랐다!’

나는 A짱에게 힐끔 아이 콘택트를 보냈다.

그러자, 내 눈가에 빨간 테 안경이 나타났다.

“수험생 씨…. 너무 풀어져 있으면, A짱 선생님이 벌을 줄 거야!”

그러자 기재의 산속에서 “내가?!” 하고 깜짝 놀라는 목소리가 나왔다.

A짱이 웬일로 허둥대고 있다.

“나보다 A짱이 더 선생님 같으니까.”

그리고 내 부끄러운 비밀을 폭로한 벌이다.

‘후후후…. 가끔은 나도 억지를 부려야지!’

나는 다시 카메라를 빤히 응시했다.

“게다가 수험 공부를 제대로 하지 않으면 내가 좋아하는 무서~운 호러 게임을 시킬 거야~! 수험생 씨. 공부 열심히 하지 않으면 안 돼! 크앙~!”

손가락을 굽혀서 발톱을 세우듯이 양손을 든 나는, 늑대인간이 된 듯한 마음으로 위협했다.

그러나 소라토모들은 어째선지 “귀여워!”라든가 “소라한테라면 물리고 싶어!”라는 등 기뻐하는 반응을 보내왔다.

“나, 나는 나름대로 꾸짖으려고 한 건데… 뭐야~ 뭐야~!”

A짱을 바라보니, 양손으로 커다란 동그라미를 만들고 있었다.

아무래도 아까 이건 좋았던 모양이다.

“왜, 왠지 납득이 안 가지만…. 마지막 고민 가겠습니다~.”

사실은 더 많은 고민을 해결하고 싶지만, 이후에도 하고 싶은 코너가 남아있고, 생방송은 한 번에 한 시간으로 정해두고 있다.

A짱이 컴퓨터를 조작하자 내게 걸려있던 안경이 회수됐다.

그리고 마지막 고민 상담이 표시됐다.

“소라토모 네임 『영원한 대학생』 씨가 보내주신 투고입니다. 사연을 보내주셔서 감사합니다! 근데 대학생인데 영원하다니 대체… 으음!”

A짱이 “그 부분은 깊이 지적하지 마.”라고 작은 목소리로 타일렀다.

아무튼 상담 내용을 계속 읽었다.

"『**토키노 소라 씨, 친구A 씨, 그리고 안키모 씨, 처음 뵙겠습니다! 영원한 대학생이라는 사람입니다. 실은 최근 불운한 사고를 겪어서 난생처음으로 오른발이 부러지고 말았습니다**』. …아아, 그건 어쩔 수가 없네~. 뼈는 부러지는 법이니까~."

이것도 공감하지 않을 수 없었다.

"『**매일 생활이 불편해서 견딜 수 없고, 재활도 힘들어서 우울합니다**』. …이해해! 이것도 이해해! 어디어디… 『**지금부터 골절과 오랫동안 얽히게 될 것 같아서, 자주 골절을 당한다는 토키노 소라 씨의 어드바이스를 받고 싶습니다**』라. 호오~."

나는 프로페셔널이 된 듯한 기분으로 팔짱을 꼈다.

"골절에 관해서는 나도 경험이 있으니까. 뜀틀에서 뛰었더니 손가락이 골절되거나, 달릴 때나 높이뛰기를 할 때도…. 아니, 내가 다친 이야기만 해도 별수 없지만—."

그런 이야기를 하자, 소라토모들이 "몸을 소중히 여겨야지!"라든가 "넘어지지 말라고!"라든가 "칼슘을 많이 섭취하자!"라며 걱정하는 코멘트를 잔뜩 보내왔다.

"고, 고마워~! 왠지 다들 나를 더 걱정하고 있네."

기쁘기도 하고 쑥스럽기도 했다.

"하지만 이제 지금은 괜찮아! 댄스 연습할 때도 다치지 않게 주의하고 있으니까. 그리고 지금은 이미 나만의 문제가 아니니까, 소라토모들을 위해서라도, 도와주는 A짱을 위해서라도 다칠 수는 없지!"

자, 지금부터는 중요한 상담에 대한 어드바이스다.

"골절과 얽히게 됐을 때의 요령 말인데…. 역시 목발이려나~."

나는 몸을 옆으로 돌리면서 왼손을 높이 들었다.

"체중을 받치는 거니까 겨드랑이에 똑바로 끼우고… 앗! 내 의상, 소매가 없어서 겨드랑이가 보이기 쉽네. 으응? 코멘트에서 주먹밥 이야기가 나오고 있는데, 목발이랑 주먹밥은 상관없거든?!"

나는 "이런 식으로 걸어야 해."라면서 에어 목발을 짚고 움직였다.

이래 봬도 익숙해지면 꽤 쾌적하게 이동할 수 있다.

나는 한 발로 뿅뿅 뛰면서 스튜디오를 몇 번이고 왕복했다.

"영원한 대학생 씨. 참고가 됐나요?"

살짝 배어 나온 땀을 손수건으로 닦았다.

내가 모니터를 확인하자, 소라토모들의 반응이 잔뜩 들어왔다. 아무래도 "마침 골절당했는데 도움이 된다."라는 코멘트가 몇 개씩 보이는데, 정말로 다들 골절당한 걸까?

그런 코멘트 중에서 "투고한 사람 있어!"라는 발언이 몇 군데에서 보였다.

"A짱, 잠깐 돌려봐!"

"응. 잠깐 기다려."

내가 모니터를 가리키자, A짱이 코멘트를 거슬러 올라갔다.

그러자 소라토모들의 말대로, 영원한 대학생 씨가 『배운 방식대로 목발을 써보겠습니다!』라는 코멘트를 남긴 걸 찾을 수 있었다. 아무래도 생방송을 보면서 코멘트를 남긴 모양이다.

"참고해 준다면 기쁘겠네~. 에헤헤~♪"

이런 리얼타임 대화가 가능한 것도 생방송의 좋은 점이다.

"오늘도 모두에게 기운을 줬을까? 그럼 다들 잘 다녀와~. …여느 때라면 이렇게 말했겠지만, 일단 『흐림맑음』 출장판은 여기까지! 고민 상담이나 기운을 줬으면 좋겠다는 퀘스트를 언제나 모집 중이니까, 소라토모들은 편하게 보내주세요. 그럼 다음 코너입니다!"

이어서 두 번째 코너도 인기 기획이다.

그러나 이건 조금 준비가 필요하다.

"잠깐만 기다려 주세요."

내가 그렇게 말하자, 생방송 송신 화면이 『준비 중』 화면으로 바뀌었다.

그리고 A짱이 서둘러 기재 준비를 해줬다.

"좋아! 다됐어, 소라!"

부지런히 작업을 마친 A짱이 컴퓨터 앞으로 돌아갔다.

생방송 송신 화면도 원래대로 돌아가서, 내 얼굴이 크게 비쳤다.

"두 번째 코너는… 바이노럴 대사 리퀘스트입니다~!"

눈앞의 테이블에 놓인 건 『바이노럴 마이크』라는 기재.

마네킹의 머리 부분 같은 모습이고, 좌우 귀 위치에 마이크가 달려있다. 이 마이크에 말을 걸면 소리를 입체적으로 담아서, 듣는 사람은 마치 진짜 귓가에서 속삭이는 것처럼 느끼게 된다.

소라토모들도 "기다렸어!"라든가 "내 리퀘스트 채용될까~?"라며 기대하는 모습이 엿보였다.

"지금부터 트위터에서 모집한 대사를 제가 읽을 겁니다. 바이노럴 마이크를 쓸 때, 이어폰이나 헤드폰으로 들으면 굉장한 현장감이 나올 테니까 꼭 시험해 보세요!"

바이노럴 마이크를 사용하는 방송은 VTuber 사이에서 유행하는 기획이기도 하다.

하지만 귓가가 간지러운 게 거북한 사람은 주의할 것.

사전 설명을 마치자, 모니터에 대사가 표시됐다.

"오오?!"

나는 표시된 대사의 길이에 깜짝 놀라서 저도 모르게 몸을 앞으로 숙이고 모니터를 바라봤다.

A짱이 태연한 표정으로 "이번에는 특히 긴 걸 골랐어."라고 말했다.

"으음…. A짱도 참, 일부러 어려운 걸 골랐네! 그래도 나는 대사 읽는 것도 몰래 연습했으니까. A짱이 깜짝 놀랄 정도의 명연기를 해 보이겠어!"

나는 다시 한번 모니터에 표시된 대사를 확인했다.

'이건 반 친구들의 대화라는 시추에이션이네. 저녁놀이 들어오는 방과 후의 교실에서 내가 고백한다. 만화에서 자주 나오는 장면이긴 하지만, 현실에서는 애초에 고백한 적도… 헉?!'

갑자기 약해질 때가 아니야!

나는 크게 심호흡하면서 집중력을 높였다.

'여기는 스튜디오가 아니라 방과 후의 교실이야….'

서쪽으로 기울어지는 햇살이 들어와서, 모든 게 오렌지빛으로 물들고 있다.

들려오는 건 취주악부가 연습하는 트럼펫의 음색.

나는 고백 상대의 모습을 떠올리면서 대사를 읽었다.

"미안해. 갑자기 불러내서…."

살짝 떨리는 내 목소리.

좋아하는 사람에게 고백하는 거니까. 목소리가 떨리겠지.

"오늘은 꼭… 너에게 전하고 싶은 게 있어. 말로 꺼낸 순간 마지막. 지금까지의 관계가 달라질 것 같아서, 그게 굉장히 무서웠지만…. 그래도, 용기를 내서 내 마음을 전할게."

다른 누구에게도 알리고 싶지 않다.

그러나 너에게만큼은 전하고 싶다.

나는 바이노럴 마이크의 귓가에, 자그마한 고백을 했다.

"너를… 정말 좋아해."

그렇게 대사를 다 읽은 순간—.

"시, 실수 없이 말했어~!"

안심해서 나도 모르게 힘이 빠지고 말았다.

소라토모들은 "굉장히 귀여웠어!"라든가 "정말로 귓가에 대고 고백한 것 같아!"라든가 "연인을 넘어서서 결혼하고 싶어!"라는 등 꽤 많이 즐겨준 모양이다.

"다들 심쿵한 걸까?"

나는 바이노럴 마이크를 통해 소라토모들에게 물었다.

A짱을 힐끔 바라보니, 작은 목소리로 "고백한 뒤의 여운을 좀 더 중요하게!"라고 말했다.

'우우…. A짱의 연기 지도는 꽤 엄하네!'

바이노럴의 길은 하루아침에 이루어지지 않는 법이다.

"그럼 다음 대사 가겠습니다~!"

모니터에 두 번째 대사가 표시됐다.

"이건…. 호오호오, 이번에는 소라토모들을 격려하는 계열이네. 모두에게 무릎베개를 해주고, 일광욕을 하면서 머리를 쓰담쓰담… 하는 느낌의? 『흐림맑음』 상담 때도 그랬지만, 다들 정말 어리광쟁이라니까!"

대사 리퀘스트의 끝에는 "어린애를 달래는 듯한 이미지로 부탁합니다!!"라는 힘이 들어간 부탁이 곁들여져 있었다.

나는 무릎베개 시추에이션을 상상했다.

'그래도 무릎베개를 해준 경험은 별로 없으니까…. 이건 오

짱~~~
기분 좋아…
가치코
아…
아아아아아아아
앗
아
아…

히려 내가 무릎베개를 받았을 때를 떠올리면 되나? 어린 시절 엄마가 무릎베개를 해주고 귀를 파준 건 확실히 기분 좋았지.'

이미지를 확실하게 굳히고 나서, 바이노럴 마이크에 대고 속삭였다.

"소라토모 여러분, 잘 지냈어~? …그런 것 같지는 않네. 매일 바쁠 테니까. 자, 내 무릎에 누워서 편하게 있어 볼래? 그래그래. 그렇게 하면 돼…. 네. 참 잘했어요~♪"

A짱을 힐끔 보니 "응, 응…." 하고 맞장구를 치며 대사를 듣고 있었다.

'이거, A짱도 좋게 평가해 줄 것 같은 예감!'

나는 오른쪽 마이크에 이어서, 이번에는 왼쪽 마이크에 말을 걸었다.

"언제나 수고했어. 힘들었던 일, 실패했던 일, 상처받았던 일… 살다 보면 많이 있잖아. 그래도 그건 노력하는 증거라는 걸 나는 잘 알고 있어. 그러니까 오늘은 내가 당신을 잔뜩 치유해 줄게."

나는 카메라를 살짝 치켜뜨는 자세로 바라보고는, 바이노럴 마이크를 무릎베개를 해준 상대인 것처럼 쓰담쓰담했다.

까끌까끌한 감촉이 느껴지고, 마치 진짜 머리를 쓰다듬는 것 같은 소리가 났다.

"쓰담쓰담♪ 쓰담쓰담♪ 쓰담쓰담♪ 괴로웠던 일은 전~부 잊고, 잔뜩 응석부려도 되니까…. 응? 귀도 파줬으면 좋겠어?

자장가도 불러달라고? 으~음. 어쩔 수 없네에. 당신한테만 특별히… 해주는 거야?"

어떻게든 마지막까지 대사를 읽었다.

모니터를 바라보자, 소라모토들이 많은 감상을 남겼다.

이번에도 호평이었는지, "영원히 응석부리고 싶어!"라든가 "누나 같아…."라든가, 심지어 "성모와 같은 포용력"이라는 말을 해준 사람도 있었다. 승천하는 천사 같은 마크도 잔뜩 나왔다.

"서, 성모라는 말은 스케일이 너무 커서 좀 부끄럽네…. 자, 잠깐! 『zzz….』라는 코멘트를 남긴 사람은 자면 안 돼! 뭐, 무릎베개는 기분 좋으니까 꾸벅꾸벅하는 건 이해가 가지만."

참고로 A짱도 "나도 엄청 졸리네."라는 신호를 보내왔다.

그건 『좋은 의미로』라는 거겠지?!

"저, 정말~! 그럼 다음 대사 가자!"

아무튼 두 번째 대사도 잘 읽을 수 있었다.

A짱이 "다음 대사가 마지막이야."라면서 모니터에 세 번째 대사를 표시해 줬다.

'고백계, 격려계에 이은 마지막 대사는—.'

모니터에 나온 대사를 목격한 순간.

"오, 오오…. 음…."

나도 모르게 눈을 게슴츠레 뜨고 말았다.

"이, 이건…. 이른바 얀데레계라는 거지? 바이노럴 기획 때는 어째선지 매번 리퀘스트가 들어오는 것 같은데… 다들 얀데레를 그렇게 좋아해? 얀데레는 무섭지 않아?”

내가 좋아하는 호러 게임에서도 때때로 얀데레 여자아이가 나오는데, 역시 무섭고 박력 넘치는 대사뿐이었다.

그러나 소라토모들의 코멘트를 확인해 보니, “우리에게는 포상”이라든가 “마침 얀데레 성분이 떨어졌었어.”라며 오히려 기대하는 사람이 많았다. 다들 『강철 멘탈』이다.

그럼 나도 전력으로 대사를 읽어야겠지.

후후후. 강철 멘탈을 가진 모두의 등골을 얼어붙게 만들어 주겠어~!

“…저기, 왜 나를 돌아봐 주지 않는 거야?”

얀데레 여자아이가 식칼을 든 광경을 상상했다.

나는 오싹해지는 음색을 목표로 삼고 대사를 계속 읽었다.

“요즘 그 아이랑만 얘기하고 있지? 난 그 아이가 싫어… 싫어, 싫어, 정말 싫어! 그 아이 때문에 당신은 나를 돌아봐 주지 않아. 나와 당신의 관계를 이 이상 방해한다면… 나, 더는 참을 수 없으니까.”

카메라 렌즈를 통해 소라토모들을 빤히 바라봤다.

“응? 이제 다른 여자아이를 돌아보지 않겠다고? 나만 본다고 약속해 줄 거야? 기쁘네…. 역시 당신에게 어울리는 여자아이는 나뿐이니까. 응, 당신의 말을 믿어줄게. 그래도—.”

나는 마지막 대사를 속삭이듯이 읽었다.

"약속을 깬다면, 당신을 ×일 거니까…."

대사를 다 읽은 나는 후우, 하고 숨을 내쉬었다.

'이건 꽤 무섭게 읽은 것 같은데?'

기대하면서 코멘트를 보자, 소라토모들은 역시 "소라한테라면 쫓기고 싶어!"라든가 "얀데레 대사, 감사합니다!"라든가, 무서워하는 기색도 없이 기뻐하고 있었다.

"저, 전혀 무서워하지 않잖아?!"

A짱은 어떤가 해서 바라보니, "어차피 결과만 좋으면 돼."라고 말하는 것처럼 팔짱을 끼고 만족스럽게 웃고 있었다.

그런 절친의 웃음을 목격하자, 처음에는 당혹스러웠던 나도 마음이 풀어졌다.

'노리던 반응과는 달랐지만, 소라토모들도 다들 즐겨준 모양이니까… 뭐, 괜찮으려나? 그래도 언젠가 얀데레 대사로 모두를 오싹하게 만드는 걸 포기하지 않을 거야. 그때는 파워업한 토키노 소라를 보여줄 테니까!'

나는 새로운 결의를 가슴에 품고 대사 리퀘스트 코너를 마쳤다.

"자, 다음은 오늘의 마지막 코너입니다!"

생방송 송신 화면을『준비 중』으로 바꾼 뒤 작업을 끝냈다.

카메라 영상을 스튜디오로 돌리자, 그곳에 전자 피아노가 나타났다.

A짱, 역시 준비가 익숙하다.

"네. 세 번째 기획은 피아노를 치면서 노래하는 코너입니다~!"

피아노를 치면서 여러 노래를 부르는 이 기획은 소라토모들에게 인기가 있기도 하지만, 내가 좋아하는 걸 잔뜩 채워 넣은 코너다.

친숙한 클래식 곡, 좋아하는 보컬로이드 곡, 소라토모들의 리퀘스트도 많은 애니송이나 게임송 등등 지금까지 여러 곡에 도전했다.

"오늘은 soraSong 『꿈빛 애스터리스크』를 연주하면서 노래하겠습니다!"

내가 그렇게 말한 순간, 소라토모들의 코멘트가 단번에 쏟아졌다.

『soraSong』은 팬이 만들어 준 오리지널 곡을 말한다.

그중에서도 『꿈빛 애스터리스크』는 가장 초기에 제공받은 것이라, 내가 노래한 동영상을 공개하기도 하고, 예전 생방송에서도 노래한 적이 있다.

이 곡은 상당한 고음 키가 특징이라, 소라토모 중에서는 "이런 고음의 곡을 토키노 소라가 부르면 목이 상하지 않을까 걱정이네…."라며 불안해하는 사람도 많았다.

그러나 나는 목이 상하지 않도록 제대로 노래 연습을 했고, 부를 수 있다는 자신이 있었기에 동영상이나 생방송에서 도전했다.

그때의 노력 덕분에 나는 여러 고음 키 곡을 부를 수 있게 됐고, 버츄얼 아이돌로서 한층 더 성장할 수 있었다.

'그러니까, 이 곡에는 추억이 많단 말이지….'

나는 전자 피아노 앞에 앉았다.

마지막으로 A짱이 "시작해도 괜찮아!"라는 사인을 보낸 걸 확인했다.

그리고 전자 피아노에 놓여있는 악보로 시선을 돌렸다.

"들어주세요…. 꿈빛 애스터리스크."

손끝으로 전자 피아노 건반을 경쾌하게 두드리기 시작했다.

'내 피아노 실력은 결코 완벽하지 않아. 생방송의 긴장감 때문에 틀린 적도 있어. 그때마다 자신의 미숙함을 통감해. 그래도, 몇 번이고 도전할 거야. 좋아하는 곡을 노래하고 싶어…. 그 마음은 누구도 막을 수 없으니까!'

고음 키와 빠른 템포의 조합은 역시 어렵다.

손가락은 꼬일 것 같고, 호흡은 괴로워진다.

이마에서는 땀이 흠뻑 배어 나오고, 전력으로 달린 것처럼 몸이 뜨거워진다.

그래도, 그렇기에, 노래를 끝냈을 때의 달성감이 더욱 크다.

어느새 5분의 곡이 끝났다.

나는『꿈빛 애스터리스크』를 끝까지 연주하고 노래했다.

"후우… 에헤헤."

긴장에서 풀려난 해방감 때문에 나도 모르게 웃음이 나왔다.

나는 옆에 있던 페트병에 손을 뻗었다.

복숭아의 산뜻한 단맛이 내 몸을 달래줬다.

모니터를 보니, 박수치는 걸 의미하는 코멘트인 "8888888." 이 잔뜩 나와 있었다. 생방송이라면 채팅창을 통해 박수를 보내는 것도 가능하다. 열렬하게 앙코르를 요청하는 소라토모들도 많았다.

"마치 스튜디오가 아니라 라이브장에 있는 것 같네~♪"

나는 싱글벙글 웃으면서 모두가 보내는 감상을 바라봤다.

그때, 스튜디오에 밝고 즐거운 BGM이 들려왔다.

이건 하교 때 흐르는『반딧불의 빛』같은 건데, 생방송 종료 시간이 다가오면 언제나 A짱이 틀어주는 거다.

모니터에는 "오늘도 즐거웠어!"라든가 "피아노 치면서 노래, 최고였어!" 등등, 소라토모들의 기쁜 감상이 많이 표시됐다.

그런 다양한 감상 속에서 "가지 마…."라는 간절한 코멘트를 발견한 나는 그만 키득 웃고 말았다.

"즐거운 시간은 순식간에 지나가네. 나도 끝내고 싶지 않아… 조금만 더 이야기할 수 없을까…."

A짱에게 힐끔 시선을 보냈다.

그러나 돌아온 건 양손으로 만든 커다란 가위표였다.

생방송을 좀 더 이어가고 싶긴 하지만, 시간만큼은 어쩔 수 없다. 동영상 촬영과 새로운 기획 회의, 노래와 댄스 연습, 학교 숙제, 시험공부…. 우리는「하고 싶은 것」과「해야만 하는 것」이 많이 있다.

“아쉽긴 하지만 오늘 생방송은 이걸로 끝입니다. 『흐림맑음』의 출장판과 바이노럴 대사 리퀘스트, 그리고 피아노를 치면서 노래… 전부 즐겨줬으려나? 다음 주에도 같은 시간에 생방송을 할 예정이니까, 소라토모들도 기대하면서 기다려 주세요~♪”

나는 카메라 너머에 있는 소라토모들을 향해 손을 흔들었다.

“또 만나자~. 바이바~이!”

A짱이 컴퓨터를 조작하자 생방송 송신이 끝났다.

채팅창에는 소라토모들의 응원과 감상이 계속 흐르고 있다.

“수고했어, 소라.”

A짱이 타월을 가져다줬다.

나는 그걸 받아서 땀을 닦았다.

“A짱도 수고했어. 오늘도 도와줘서 고마워!”

“나는 이렇다 할 트러블도 없어서 안심했어. 게다가 어느 코너든 호평이었고. 이거 나중에 생방송을 보는 사람들의 감상도 기대되네. 이후에 트위터 감상도 확인해 볼게.”

“내일이 기대되네~.”

우리는 서로를 향해 웃었다.

오늘도 바쁘지만 즐거운, 순식간에 흘러간 한 시간이었다.

×

다음 날 교실에서.

조회 시간이 다가오자 이미 대부분의 반 친구들이 모여 있었다.

“A짱, 어제 생방송 반응은 어땠어?”

나는 옆자리에서 스마트폰을 만지고 있는 A짱에게 물었다.

“고민 상담으로 조금은 믿음직한 모습을 보여줬을 거고, 대사 리퀘스트에서 연기가 능숙해진 걸 보여준 것 같기도 하고, 피아노 치며 노래 부르기도 즐겨줬을지도—.”

“아~ 그것 말인데….”

A짱이 어째선지 거북한 표정을 지었다.

“고민 상담에서 피곤한 소라토모들에게 옳지옳지 해주거나, 대사 리퀘스트에서 무릎베개로 응석을 받아주거나… 그런 행동에서 모성을 느낀 소라토모들이 소라를 『엄마』라고 부르고 있는 모양이야.”

“어, 엄마라니… 에에엑?!”

나도 모르게 일어나서 교실 전체에 들릴 만큼 크게 외치고 말았다.

“여고생인데 엄마라니… 어째서 어째서!!”

아니나 다를까, 반 친구들이 웅성거리기 시작했다.

나는 황급히 모두를 향해 말했다.

“아, 아무것도 아니야~! 시, 신경 쓰지 말아줘?”

“태생적으로 지닌 다정함 탓에 여고생인데도 엄마 소리를 듣다니, 버츄얼 아이돌로서 타고났다고 해야 하는 건지 아닌 건지….”

“정말~. 엄마가 아니라고~!”

나는 의자에 앉으며 후우, 하고 작은 한숨을 내쉬었다.

“뭐, 즐겨준 모양이니까 상관없지만~.”

“그 밖에도 여러 감상이 왔어. 봐봐, 이거라든가—.”

우리는 스마트폰을 들여다보며 소라토모들의 감상을 읽기 시작했다.

생각지 못한 해프닝도 있었지만, 나는 이런 식으로 아이돌을 하고 있다.

소라토모들의 뒷받침을 받으면서, A짱과 2인 3각을 뛰는 매일.

요코하마 아레나 라이브를 목표로 두고 나아가는 중이다!

당신의 마음은…

「흐림 뒤 맑음!」

라이트노벨 출장판

홀로라이브 편

뱀파이어 여자아이.
뱀파이어인데 피를 잘 못 마시며,
아세롤라 주스를 좋아한다.

Twitter▶ @yozoramel

YouTube 채널 ▶

소라토모 네임: 요조라 멜

멜은 마계에서 천재 뱀파이어로 이름높은데,
주변 사람들은 “멜짱은 천재(天災)야.”,
“메루메루는 머리가 나쁘니까 말이지~.” 같은
말을 하고 있습니다!
어떻게 해야 천재라고 인정받을 수 있을까요?!

Answer

『머리가 좋다』라든가 『공부를 잘한다』만이 천재인 건 아니니까, 멜짱이 천재인 건 틀림없다고 생각해!
그러니까 자신이 잘하는 걸 찾아서, 예를 들어 멜짱이라면 아세롤라 주스를 좋아하니까 “멜은 주로 아세롤라 주스의 천재입니다!”라고 모두에게 주장하면 될 것 같아!
문제가 된 공부는… 다음에 함께 공부 모임을 열어서 노력하기로 할까….

당신의 마음은…
「흐림 뒤 맑음!」
라이트노벨 출장판
홀로라이브 편

이세계에서 온 여고생.
호기심이 왕성해서,
이런저런 것에 적극적으로 손을 댄다.
그녀의 트레이드마크인
트윈테일은 신기한 힘으로 둥둥 떠 있다.

Twitter▶ @akirosenthal

YouTube 채널 ▶

소라토모 네임: 아키로제

아로나 ⌒(•ω•)⌒

저는 호러 게임을 하면 모든 부분에서
깜짝 놀라고 패닉에 빠져서 모두의 고막을 자주
빠~앙 터뜨리고 맙니다….
고막 파괴를 멈출 수가 없어요…!
어떻게 해야 소라 선배처럼 호러 게임을
즐겁게 플레이할 수 있을까요~?
가르쳐줘, 소라 선배~!
꼬르륵…. 앗, 배고파졌어. (:3」∠)

호러 게임은 즐거운 게임이야~! 팔은 떨어지는 법이고, 주인공은 강하니까 걱정할 것 없습니다! 그래도 무서울 때는, 어디 보자…. 자기보다 호러 게임을 더 무서워하는 사람을 부르면 무섭지 않게 되지 않을까? 괜찮다면 다음에 A짱을 아키의 숲으로 데려갈게. …앗, 근데 그러면 A짱이 고막 파괴를 할 테니까 안 되려나. 뭐, 하지만 고막을 파괴하더라도 게임을 즐긴다면 괜찮다고 생각합니다. 배가 꼬르륵거리는 소리도 얼버무릴 수 있으니까!

【2】토키노 소라가 배우는 시리즈
인터넷의 흔한 밈

"그럼 다음 주 생방송에서 또 만나자. 바이바~이♪"

오늘 생방송은 끝.

나는 기분 좋은 피로감을 느끼면서 카메라 범위 밖에 있는 의자에 앉았다.

그리고 좋아하는 『복숭아하스』를 마시며 마른 목을 축였다.

"푸핫… 하아아아아~."

"오늘은 피곤한 모양이네."

A짱이 내게 달려왔다.

"으~음…."

나는 내 허벅지를 조물조물 마사지했다.

"소라토모들한테서 『멈추지 말라고』라는 코멘트가 왔었잖아?"

"아~. 여러 타이밍에 코멘트가 왔었지."

"생방송 중에는 최대한 멈추지 않게 움직이고 있는데, 아무래도 한 시간이나 계속 움직였더니 다리가 두꺼워질 것 같아서 걱정이야."

"그래서 생방송 중에 그렇게 자잘하게 스텝을 밟고 있었던 건가…."

A짱이 어이없다는 듯 눈을 가늘게 떴다.

"전부터 생각한 건데, 소라는 『인터넷의 흔한 밈』은 전혀 모르네."

"인터넷의 흔한 밈이라니?"

"인터넷에서 유명한 만화, 애니, 라이트노벨, 게임… 거기서 나오는 흔한 시추에이션이라든가, 모두가 알 정도로 유명한 대사 같은 거려나. 생방송 도중에 자주 나오고 있어."

"저, 전혀 몰랐어…."

그러나 지금까지 했던 생방송을 다시 돌이켜 보자, 확실히 소라토모들이 보내오는 코멘트의 뜻을 알지 못해서 허둥댔던 장면이 많았다.

그리고 그것과는 반대로 내가 엉뚱한 말을 해버려서 소라토모들을 멍하게 만들기도 했다. 설마 그게 내가 모르는 유명하고 흔한 밈이었다니….

"…아니, 침울하게 있을 수는 없지."

나는 의자에서 일어나며 선언했다.

"A짱! 나, 공부할게! 인터넷의 흔한 밈에 박식해질 거야!"

"그렇게 공부를 싫어하던 소라가…. 응. 그거라면 협력을 아끼지 않을게."

A짱이 의욕 넘치는 표정으로 안경을 스윽 들어 올렸다.

이럴 때의 A짱은 유능한 커리어 우먼 같다.

"모처럼 이렇게 됐으니까, 소라의 공부도 동영상 기획으로 해버리자. 유명한 밈을 스튜디오에서 재현할 수 있게 기재도 조정해 둘게."

"오오~! A짱이 불타고 있어…. 헉!"

나는 문득 떠올라서 A짱을 향해 말했다.

"동영상을 찍을 때까지… 멈추지 말라고!"

"그건 본래의 사용법과는 조금 다르려나."

"에엑?! 뭐가 다른데?!"

나는 그 자리에서 멍하니 멈춰 서고 말았다.

흔한 밈의 공부는 시작부터 첩첩산중이었다.

×

—그로부터 며칠 뒤.

나와 A짱은 동영상 촬영을 위해 스튜디오에 모였다.

나는 여느 때의 의상을 입었다.

"앗! 오늘은 A짱도 영상에 나오는 거네!"

내가 카메라에 비치는 모습을 확인하던 중, A짱이 컴퓨터 앞에서 태블릿을 한 손에 들고 다가왔다.

"상대 역할이 없으면 하기 힘든 밈도 이것저것 있으니까."

A짱은 여느 때의 검은 셔츠와 데님이라는 차림새였고, 셔

츠에는『러브 코미디의 파동을 느낀다』라고 적혀있었다. 속담이나 격언은 아닌 것 같은데, 혹시 이것도 인터넷에서는 유명한 대사일까?

으~음. 뭔가 반응해 주고 싶은데 할 수 없는 게 답답해….

“그럼 바로 촬영을 시작하자. 5, 4, 3, 2, 1….”

A짱이 태블릿을 조작하자 카메라 녹화가 시작됐다.

“소라토모 여러분~ 잘 지냈어~? 토키노 소라입니다!”

나는 여느 때의 인사와 자기소개를 했다.

“오늘은 놀랍게도~ A짱도 동영상에 참가합니다!”

“안녕하세요. 친구A입니다…. 아니, 소라. 뭔가 텐션이 높네.”

A짱이 갑자기 당황했다.

나는 처음부터 히죽히죽 웃음이 멈추지 않았다.

“A짱이랑 같이 기획을 하게 됐으니까! 동영상 촬영이나 생방송이나 언제나 함께하고는 있지만, 역시 옆에 있는 게 든든해. 게다가 A짱의 팬들도 기다리지 않았을까?”

“내, 내 팬 같은 건 없다고~.”

“뺨이 빨개졌네. A짱도 참 쑥스러워하긴♪”

“저, 정말이지! 됐으니까 시작하자!”

A짱이 부끄러운 듯 헛기침했다.

“오늘 기획은『토키노 소라의 공부 모임』입니다. 이번에는 인터넷에서 널리 알려지고 대화에 언급되기도 하는 만화, 애니, 라이트노벨, 게임의 유명한 밈이나 정평이 난 밈… 이른바 『인터넷의 흔한 밈』에 관해 소라가 공부합니다."

"열심히 할게요! 눈!"

나는 카메라 앞에서 승리 포즈를 잡았다.

A짱이 『괜찮을까…?』라는 표정을 짓고 있는 것 같은 건 기분 탓일까?

"소라는 지금부터 두 가지 장르의 흔한 밈에 도전하게 됩니다. 각각의 장르에서 몇 가지 문제를 낼 테니, 소라는 시추에이션에 맞춰서 올바른 리액션이나 연기를 해주세요. 마지막에 채점도 할 테니까, 흔한 밈을 잘 아는 버츄얼 아이돌을 목표로 노력해 봅시다."

"네~에."

"왜, 왠지 여유롭네…. 긴장감이 없다고나 할까…."

A짱이 태블릿을 조작했다.

"그럼 첫 번째 장르 1번 문제…를 하기 전에 스튜디오를 이동시킬까."

그 순간, 스튜디오 전체의 풍경이 야외로 바뀌었다.

익숙한 도회지의 입체 교차로… 그 한가운데에 있다.

주변에 고층 빌딩이 늘어서 있지만, 통행인도 없거니와 차도 지나가지 않았다.

길거리의 혼잡한 소리가 들리지 않아서, 마치 시간이 멈춘 것만 같다.

"첫 번째 장르는 전형적인 『이세계 판타지』입니다. 소라는 이세계 판타지의 주인공이 되어 올바른 리액션이나 연기를 해줘야 합니다."

"이세계 판타지? 여기는 평범한 현대 일본인데?"

"아, 그거라면 금방 알 수 있어. 그럼 1번 문제—."

A짱이 그렇게 말을 끝낸 직후였다.

갑자기 커다란 엔진 소리가 들리더니, 아까까지 흔적도 없었던 대형 트럭이 나를 향해 경적을 울리면서 돌진해 왔다.

"우왓, 위험해?!"

나는 옆으로 뛰어서 간발의 차이로 대형 트럭을 피했다.

대형 트럭은 그대로 지나가더니, 고층 빌딩을 통과하듯이 어딘가로 사라졌다.

"허억… 허억… 깜짝 놀랐어~!"

"소라, 용케 피했네. 나는 그게 더 놀라워."

A짱이 틀어진 안경을 스윽 들어 올렸다.

"그, 그야 피하지! 버츄얼 영상이라는 걸 알아도 무서운걸!"

"그도 그런가…. 하지만 유감스럽게도 아까 그 리액션으로 이세계 판타지 1번 문제는 오답이 됐습니다. 조금 심술궂은 문제였으려나?"

"에엑~?! 나, 제대로 주인공답게 화려하게 피했잖아?!"

재빠른 반응을 보였는데 오답이라니, 도저히 납득이 안 간다.

"이세계 판타지 작품에서는 주인공이 교통사고로 죽고 이세계로 환생한다는 정석적인 시추에이션이 있습니다. 트럭에

치여서 환생하는 주인공이 너무 많으니까, 트럭이 환생시키는 힘을 가지고 있는 게 아닌가…라는 농담을 하기도 해."

A짱은 해설하면서 태블릿에 뭔가를 메모했다.

아무래도 1번 문제를 채점하는 모양이다.

"에헤헤… 몰랐어."

나는 감탄한 듯 고개를 끄덕였다.

"근데 왜 트럭인 걸까? 나는 더 안전한 방법으로 환생하고 싶은데…. 예를 들어 베개 밑에 소원을 적은 종이를 넣는다거나."

"그런 초등학교에서 유행했던 주술 같은 게 아니니까…."

A짱이 그렇게 말하면서 태블릿을 손가락으로 조작했다.

"그럼 마음을 다잡고, 이세계 판타지 2번 문제로 가볼까."

그 순간, 야외 풍경에서 돌변해서 우주 같은 공간으로 바뀌었다.

깜깜한 공간에 무수한 별들이 떠올라 있다.

그러나 여기도 판타지 세계 같은 분위기는 아니다.

"A짱, 여기는… 와앗!"

주변을 돌아본 나는 겨우 최대 이변을 깨달았다.

A짱이 새하얀 천을 걸치고, 후광을 등진 여신님 같은 모습으로 변신해 있었다.

"A짱, 예쁘네~. 나도 넋을 잃을 것 같아♪"

"이, 이건 내가 아니라『운영』에서 준비한 거니까 신경 쓰지 마."

A짱이 쑥스러운 듯 뺨을 붉혔다.

운영이란, 우리 활동을 서포트해 주는 버츄얼 아이돌 사무소『홀로라이브』의 스태프들을 말한다.

필요한 스태프나 기재를 준비해 주거나 A짱만으로는 일손이 부족할 때 도와주는 것뿐만 아니라, 때때로 이런 서프라이즈도 해준다.

“지금의 나는 환생을 관장하는 여신A인데요…. 자, 그럼. 여기서 이세계 판타지 장르 2번 문제! 이세계 판타지 주인공은 이세계로 환생할 때 새로운 모습으로 태어나거나, 특별한 힘을 손에 넣는 것이 정석입니다. 그러니 소라도 자기 나름대로 환생한 모습이나 능력을 생각해 보세요.”

“나는 다시 태어난다면, 또 내가 되고 싶은데~.”

“아니, 그럼 문제로 낼 수 없잖아…. 아무튼, 환생하는 곳은 무서운 몬스터가 나오는 판타지 세계. 물론 그 세계에서 살아가려면 돈을 벌어야 하니까, 그걸 고려해서 선택해 줬으면 하는데….”

“으~음. 꽤 어렵네….”

실제로 판타지 세계에서 생활하는 걸 진지하게 고민해 본 적이 없어서 전혀 상상이 안 간다. 흔한 밈이니까, 정석적인 대답이 있을 텐데….

그러자, 곤란한 나를 보다 못했는지 A짱이 도움을 줬다.

“뭣하면 어린 시절에 되고 싶었던 거라도 괜찮지 않을까?”

"앗! 그거라면 있어!"

나는 곧바로 떠올리고 손을 탁 두드렸다.

"나, 마법소녀가 되고 싶었거든!"

"확실히 우리 세대라면 정석적이네. 애니로 보면서 자랐으니까."

"마법을 쓰면 곤란한 사람을 도와줄 수 있고, 이것저것 놀 수도 있을 거야. 하늘을 나는 것도 즐거워 보이지? 마법으로 고양이로 변신해 보는 것도 좋겠네…. 나, 고양이 정말 좋아하는걸!"

"응응. 판타지 세계라면 『마녀』라든가 『마법사』가 되겠지만, 여기서는 정석에서 벗어나는 것도 재미있어 보이네. 소라는 마법소녀 복장도 잘 어울릴 것 같고…. 그럼, 이얍!"

A짱이 태블릿 화면을 손가락으로 스와이프했다.

다음 순간, 내가 입은 의상이 무지갯빛으로 빛나기 시작했다.

여느 때의 의상이 빛 속에서 형태를 바꿔, 수많은 리본과 프릴이 달린 마법소녀 코스튬으로 변신했다. 게다가 마이크를 본뜬 마법의 스틱까지 나와서, 나는 그걸 오른손으로 잡았다.

"와아! 이 의상 귀엽네~. 하지만 그래도 소매가 없네…."

"소라의 의상에 소매를 붙이는 건, 여신의 힘으로도 무리."

"무리라니… 어째서야, 어째서!"

나는 시험 삼아 "소매여, 나와라!" 하고 마법의 스틱을 휘둘러 봤지만, 유감스럽게도 반짝반짝 입자만 흩뿌릴 뿐이었다.

"자, 그럼 다시 태어난 모습이 정해졌으니 이어서 이세계 판타지 장르 3번 문제! 소라는 이세계에 가져가고 싶은 게 있을까?"

"가져가고 싶은 것?"

나는 고개를 갸웃하며 A짱에게 되물었다.

"이세계에 다시 태어나는 패턴 말고도, 이세계에 뜻밖의 물건을 가져가서 쾌적한 생활을 보낸다는 패턴도 인기라고 하거든."

"가져가고 싶은 거라… 그거라면 스마트폰이려나?"

내가 즉답하자, A짱은 놀란 듯 눈을 깜빡였다.

"오! 그건 밈적으로는 좋은 느낌이네!"

A짱이 바로 태블릿에 채점을 했다.

"그래서, 스마트폰으로 뭘 할 건데?"

"소라토모들이나 친구 VTuber들이랑 이야기할 거야~. 이세계가 어떤 곳인지 전하고 싶고… 게다가 내가 이세계에 간 동안 모두의 상황을 모르는 것도 걱정되니까."

"소라는 이런 때까지 남들을 돌봐주려고 하네…."

A짱은 왠지 가슴이 찡해진 듯한 기색이었다.

그녀가 태블릿을 조작하자, 내 오른손에 익숙한 스마트폰이 나타났다.

"이걸로 이세계에 환생할 준비는 다 됐네."

"앗, 역시 하나만 더!"

나는 별들을 건너서 A짱에게 달려갔다.

"A짱이랑 같이 이세계에 가고 싶어!"

"뭣…."

어째선지 눈이 점처럼 변한 A짱이 입을 뻐끔거렸다.

그리고는 고개를 돌리면서 표정을 숨겼다.

"그런 기습은 좋지 않아."

"역시 혼자는 쓸쓸하니까~. 나랑 같이 대모험하자?"

"아니, 뭐, 응…. 이번에는 그런 기획이니까 상관없지만."

A짱이 나를 돌아보고는 태블릿을 손가락으로 터치했다.

그 순간, 마치 우주 같았던 풍경이 순식간에 나무 사이로 햇살이 들어오는 숲속이 됐다.

주변을 보니, 본 적도 없는 형태의 과일이 있거나 신기한 색의 버섯이 있거나, 들어본 적도 없는 새 소리가 들리는 등… 그야말로 판타지 세계다운 풍경이 펼쳐져서 두근두근했다.

"앗! A짱의 옷도 또 변했네!"

아까까지 신성한 여신님 같았던 A짱이 돌변해서, 새까만 고깔모자에 새까만 원피스라는 수수한 복장이 됐다.

"나는 『마녀』 복장이야. 그나저나 『마법소녀』와 『마녀』라니, 이게 RPG라면 엄청나게 밸런스 안 좋은 파티네…."

"괜찮아~!"

"이세계에서도 소라의 포지티브는 변함없네…. 아, 여기서 이세계 판타지 장르 4번 문제!"

A짱이 그렇게 말한 순간, 숲속에서 다수의 발소리가 들렸다.

그리고 덤불이 부스럭 소리를 내더니, 거기서 차례차례 익숙하지 않은 생물이 뛰쳐나왔다.

몸 크기는 내 허리 정도밖에 안 되고, 언뜻 보면 어린애 같다. 그러나 털 없는 녹색 피부와 허리에 후줄근한 천 한 장, 곤봉을 휘두르는 모습은 흉포한 괴물 그 자체. 그런 몬스터들이 열 마리 가까이 우리를 빙글 둘러쌌다.

"우와아앗?! 진짜 고블린?!"

몬스터들을 목격한 A짱이 비명을 질렀다.

나는 그런 그녀의 반응에 깜짝 놀랐다.

"A짱. 왜 온다는 걸 알고 있었으면서 놀라는 거야?!"

"아는 거랑 실제로 보는 건 큰 차이잖아?!"

녹색 몬스터, 고블린들은 당장이라도 덮칠 듯한 분위기로 곤봉을 바닥에 두드리거나 이빨을 드러내며 이쪽을 위협했다.

A짱이 내 등 뒤에 숨으며 말했다.

"4, 4번 문제는 몬스터와의 싸움입니다! 이세계 판타지 세계에서는 흉포한 몬스터와 마주치는 일이 종종 있죠…. 소라는 마법을 쓸 수 있게 됐을 테니까, 어떻게든 고블린 무리를 해치워 주세요!"

"에엑~! 해치우는 건 불쌍하잖아!"

나는 침착하게 고블린들을 돌아봤다.

"그리고 잘 보니 꽤 귀여워. 뭔가 인형 같아서!"

고블린들은 언뜻 보면 흉포한 외모지만, 몸은 왠지 폭신폭신 부드러워 보이고 잘 보니 눈이 크고 동그랗다. 게다가 우리 주변을 빙글빙글 도는 모습은 즐겁게 춤을 추는 것도 같았다.

"잘 이야기를 나눠 보면 친해질 수 있을지도?"

"소라, 진심이야?! 여기 고블린 퇴치 전문가 같은 건 없거든?!"

"나, 고양이랑도 이야기할 수 있으니까 똑같은 요령으로 가능할지도!"

"아니, 그 논리는 이상해!!"

나는 허리를 수그려서 고블린들과 시선을 맞췄다.

그리고 양손을 고양이 손처럼 오므려서 마네키네코 같은 움직임을 취했다.

"냐! 냐냐냐! 우냐냥! 우냐!"

"이건… 전설의『해피해피 냥냥』?!"

"아, 아니거든! 그건 전에 벌칙 게임으로 했던 거잖아?!"

나의 뇌리에 당시의 기억이 되살아났다.

'그때는 얼굴에서 불이 뿜어져 나올 만큼 부끄러웠지….'

A짱이 허리를 빼면서, 어딘가에서 우리를 촬영하고 있을 카메라를 향해 외쳤다.

"이 동영상을 보시는 여러분! 소라의 해피해피 냥냥은『쉬지 마! 8분음표짱♪』을 플레이했을 때의 동영상에서 볼 수 있어요! 핼러윈 생방송 아카이브에서는 환상의 원형 버전도!"

"A짱, 무슨 소리를 하는 거야?!"

우리가 그런 식으로 말다툼을 벌이자, 고블린들이 어느새 얌전해졌다.

지금은 날뛰는 걸 그만두고 우리를 빤히 쳐다보고 있다.

"고양이어가 통한… 건 아니지?"

그렇게 중얼거린 A짱은 여전히 내 뒤에 숨어있었다.

"아니아니, 내 고양이어가 전해진 거야!"

"굳이 따지면『이 사람, 뭐 하는 거야?』하는 얼굴 아냐?"

"그런가~?"

나는 그 후에도 계속 고양이어로 말을 걸었지만, 고블린들은 변함없이 우리를 관찰할 뿐이었다.

"소라, 이럴 때 살짝 빠져나가지 않을래?"

"그럴 수 있을지도 모르지만… 나, 이 아이들이랑 제대로 친해지고 싶어!"

"뭐어?!"

설령 말이 통하지 않더라도, 마음이 통하는 방법이라면 이미 알고 있다.

나는 스마트폰에서 음악을 틀었다.

교육 방송에서 흐르는 것과 같은 밝고 리드미컬한 곡조.

나는 오른손의 마이크형 마법의 스틱을 써서 노래를 시작했다.

"소라토모 동물 유치원♪ 낮잠, 재롱잔치, 생방송♪"

이 노래는 팬들이 선물해 준 오리지널 곡, soraSong 중 하나『소라토모 동물 유치원』이다.

"머머머머머~엉 강아지♪ 멍멍멍♪ 멍멍멍♪ 내일 또 보자♪"

처음에는 멍하니 있던 고블린들이 나와 같이 노래를 부르기 시작했다.

고블린들은 말하지는 못하는 모양이었지만, 손뼉을 치며 리듬을 맞추거나 원형으로 모여 춤추는 등 무척 신나 보였다.

"자, 다 같이 하나 둘! 소라토모 동물 유치원♪ 채널 구독, 잊지 마시길♪ 냥냥냥냥냐~앙 고양이♪ 냥냥냥♪ 냥냥냥♪ 내일 또 보자♪"

그로부터 나는 고블린들과 함께『소라토모 동물 유치원』을 마지막까지 불렀다.

그때가 되자 이미 우리는 완전히 친해진 뒤였고, 내가 몸짓 손짓으로 앞으로 가고 싶다고 전하자 고블린들은 의욕적으로 우리를 숲 바깥까지 데려다줬다.

"다들 안내해 줘서 고마워~. 바이바~이."

나는 손을 흔들며 고블린들과 헤어졌다.

숨을 죽이고 있던 A짱이 겨우 입을 열었다.

"설마 정말로 고블린들과 친해지다니…. 아무튼 다음은 이 세계 판타지 장르 마지막 문제야."

"앗, 벌써 마지막이구나~!"

"실은 이미 눈앞에 보이는데, 소라는 저기 있는 최종 보스 대마왕과 싸워야 해."

"엑?! 느닷없이 최종 보스랑 싸워?!"

숲속을 빠져나와서 안심한 것도 잠시. 우리 전방에 무시무시한 서양풍 성이 나타났다. 주변에 깔려 있는 뇌운이, 이곳이 바로 마왕성이라고 말하는 듯한 꺼림칙한 분위기를 내고 있다.

"고블린들과 달리, 친해질 수 있다는 생각은 안 하는 게 좋아."

"A짱, 겁주지 마…."

나는 거대한 문을 조심조심 열었다.

마왕성 정문 너머에 어둡고 넓은 공간이 펼쳐져 있었다.

나는 결의를 다지며 한 발짝 내디뎠다— 바로 그 순간!

갑자기 우리에게 익숙한 목소리가 들려왔다.

『마침내 여기까지 왔구나, 소라!』

어두운 공간에서 모습을 드러낸 건, 놀랍게도 곰인형 안키모였다.

"앗! 안키모도 왔었구나!"

『오늘의 나는 평범한 안키모가 아니라 대마왕 안키모야!』

안키모는 칠흑의 망토를 걸치고, 그럴싸한 검은 오라를 두르고 있었다.

눈은 빨갛게 번쩍번쩍 빛나고 있어서, 아까 그 고블린들보다 명백하게 흉악해 보인다.

이렇게 강해 보이는 안키모는 나도 지금까지 본 적이 없다.

『후후후…. 최강의 마왕으로 변한 나를 이길 수 있을까?』

안키모가 양손을 펼치고 공중에 떠올랐다.
보기만 해도 피부가 찌릿찌릿해지는 박력이다.
"…A짱, 이거 부탁해."
"이거라니… 소라, 괜찮아?"
나는 마법의 스틱과 스마트폰을 A짱에게 건넸다.
그리고 양손으로 더블 V를 만들고는, 공중에 둥실둥실 떠 있는 안키모를 향해 달렸다.
지금부터 뭘 하려는지 예상이 가는지, 아까까지 위협하던 안키모가 갑자기 새파래지는 게 보였다.
『서, 설마… 그 필살기를?!』
"간다, 안키모!! 나의 전심전력을 담은— 푸슉!!"
내가 내지른 더블 V가 안키모에게 직격했다.
안키모는 힘차게 날아가서 마왕성 천장을 뚫었다.
아마 스튜디오 어딘가에서 촬영을 지켜봐 주겠지.
"오늘 도와줘서 고마워~♪"
나는 반짝 빛나는 별이 된 안키모에게 손을 흔들었다.
어딘가에 숨어있던 A짱이 여기로 달려왔다.
"설마 대마왕 안키모를 한 방에 쓰러뜨리다니…. 그리고 마지막까지 마법은 안 썼네."
"앗, 까먹고 있었네. 그래도, 마법소녀의 마법은 곤란한 사람을 돕기 위한 거니까."
"문제에 대한 해답으로는 꽤 괜찮지 않았을까?"

그렇게 말한 A짱이 태블릿에 채점을 했다.

"그럼 이세계 판타지 문제는 여기까지로 하고, 다음 장르로 이동할까."

"응. 다음도 기대되네~."

사실은 채점을 신경 써야 하지만, 나는 완전히 이 기획을 즐기고 있었다. 풍경이 점점 바뀌는 게 A짱과 함께 여행하는 것 같고, 차례차례 나오는 문제에 답을 내는 것도 재미있어서, 이후에 나올 걸 생각하니 두근두근하다.

'좋~았어. 다음에도 힘내자!'

내가 의욕을 다지는 것과 동시에, 스튜디오의 풍경이 바뀌었다.

다음 장소는 어딘가 했는데, 어디에나 있을 법한 주택가 한 곳이었다.

벽돌 담장과 전신주, 도로 표식, 반사경, 자동판매기, 우편함, 모퉁이에는 편의점…. 뭔가 언제나 지나는 통학로와 비슷하다. 왠지 보고 있으면 안심이 되는 광경이다.

"이제 트럭이 돌진하진 않겠지?"

"아니, 그건 이미 끝났으니까."

A짱이 어깨를 풀썩 떨궜다.

"으음…. 그럼 다음 장르는『학원물』입니다."

"오오~! 그거라면 나도 잘 알아!"

"현역 학생인 우리한테는 일상 그 자체라고 해도 되니까. 그런 학원물이라는 장르에도 약속된 시추에이션이 많이 있고, 게다가 여러 요소를 조합하기 쉽다는 특징이 있습니다."

"눈눈. 내가 좋아하는 호러 게임 중에도 학생이 주인공이거나 학교가 무대인 작품이 많이 있었어."

"그런 것 같네. 그러니까 우선 우리도 학생 차림을 하자."

그러고 보니 우리는 판타지 세계 때와 똑같은 차림새였다.

현대 일본 주택지에 둘러싸인 아스팔트 도로 한가운데에 서 있는, 마법소녀인 나와 마녀인 A짱…. 확실히 조금 초현실적인 광경이다.

"참고로 소라는 입고 싶은 교복이 따로 있어?"

"으~음…. 세일러복이려나. 우리 학교는 블레이저니까. 그리고 물론 소매가 있는 걸로. 소매가 있는 거!"

"아, 알았어 알았어! 소매가 있는 세일러복 말이지!"

A짱이 손에 든 태블릿을 조작했다.

그러자 우리 의상이 단숨에 세일러복으로 변했다.

감색 세일러 칼라, 붉은색 스카프, 그리고 플리츠스커트.

만화나 애니에서 자주 보이는 동경하던 세일러복이다.

"와아~ 생각보다 착용감이 좋네."

나는 그 자리에서 빙글 돌았다.

세일러 칼라와 플리츠스커트가 두둥실 퍼졌다.

"원래는 운동복으로 쓰려고 수병의 제복을 개량한 거라더라."

"A짱, 박식하네~."

"오늘의 기획을 위해서 잠깐 조사해 봤으니까."

A짱은 그렇게 말하고 있지만, 태블릿에는 인터넷 검색 결과가 떠 있는 상태였다.

'우후후, 내 앞에서는 폼 잡으려고 하지 않아도 되는데~.'

나는 조금 히죽히죽 웃고 말았다.

"그럼 학원물 중『학원 러브 코미디』장르, 1번 문제!"

"오오! 연애물인가아!"

"학원 러브 코미디에서 유명한 남녀의 만남 중에『주인공이 빵을 입에 물고 달리다가 모퉁이에서 이성과 부딪치고 만다』라는 게 있습니다."

"저요! 알아! 그거 알아!"

"그럼 소라는 나와 함께 그 시추에이션을 재현해 줘야겠어."

"네~에."

이거라면 나도 재현하는 건 간단해 보인다.

나는 곧장 벽돌 담장 모퉁이 너머로 향했다.

"A짱은 빵을 물고 달려와 줘!"

"어? 잠깐, 소라?! 그 역할은 소라가—."

모퉁이를 돌면 준비 완료.

이제는 A짱이 달려올 때 타이밍 좋게 뛰어들기만 하면 된다.

한동안 기다리자, A짱의 대사가 들려왔다.

"으, 으아~앙! 하, 학교에 지각하겠어~!"
이 어색한 연기는 틀림없이 A짱.
나는 타이밍을 맞춰서 모퉁이에서 뛰쳐나왔다.
"꺄앗?!"
퉁, 하고 부딪친 순간 A짱이 균형을 잃었고, 그녀가 입에 물고 있던 버츄얼 토스트가 공중을 날았다.
나는 무릎을 꿇는 듯한 자세를 잡으며 오른팔로 A짱의 몸을 받쳐줬다.
그대로 머리 위로 떨어지는 버츄얼 토스트를 왼손으로 잡았다.
"하하하. 덜렁대는 새끼 고양이네☆"
나는 A짱을 향해 윙크했다.
그리고 잡은 버츄얼 토스트를 한 입 깨물었다.
"새끼 고양이와 만난 기념으로 이 토스트는 내가 받아 가겠어."
그렇게, 나는 A짱을 일으켜 세우고 그 자리를 떠났다.
그 자리에서 어느 정도 떨어진 즈음에 몸을 빙글 돌려서 되돌아왔다.
내가 생각해도 꽤 연기를 잘한 것 같다!
"A짱, 어땠어?!"
"어, 아, 응…."
A짱은 어안이 벙벙해진 기색으로 눈을 깜빡깜빡 움직였다.
"소라는 빵을 물고 달리는 쪽을 해줬으면 했는데…."

"어?! 나, 혹시 착각했었어?!"

"응. 아주 크게 했어. 재미있을 것 같은 예감이 들었으니까 그대로 진행했지만…. 설마 『꽃미남 소라』가 강림할 줄이야. 점수는 둘째치더라도 멋진 장면이긴 했으니까 괜찮아."

"그, 그건 기뻐해도 되는 걸까?"

착각한 게 부끄러워서 얼굴이 화끈거렸다.

그런 나를 어물쩍 넘겨버린 A짱은, 태블릿에 메모했다.

"점수는 이거면 됐고…. 그럼 이어서 학원물 장르 2번 문제입니다!"

"조, 좋~아! 이번에는 정답을 맞힐 테니까!"

"아까는 학원 러브 코미디의 만남 장면을 했었는데, 다음은 두근두근한 장면의 정석 시추에이션 중 하나인 『벽쿵』을 하려고 합니다."

"응. 그것도 알아!"

아까는 착각했지만, 이번에야말로 완벽할 거다.

나는 A짱의 손을 잡고 벽돌 담장을 등지고 서게 했다.

"자, 잠깐…. 소라 너!"

"후후후, 귀여운 새끼 고양이네. 그렇게 무서워하다니, 왜 그래?☆"

나는 천천히 오른손을 벽에 짚고는, 왼손으로 A짱의 턱을 스윽 올렸다.

그리고 쿨한 눈빛을 의식해서 A짱을 응시했다.

‘『벽쿵』뿐만 아니라 『턱스읏』까지 확실하게 알고 있거든! 후후후, 이번에야말로 완벽할 거야!’

그런 생각을 하면서 의기양양한 표정을 짓자, A짱은 내 벽쿵&턱스읏에서 스르륵 탈출해 버렸다.

“두 번째! 꽃미남 소라, 두 번째!”

“어? 이번에야말로 정답 아니야?”

“아니아니, 소라는 여자아이니까 벽쿵을 당하는 쪽이잖아! 여기서는 벽쿵을 당해서 두근거려 하는 소라의 모습을 꼭 찍고 싶었는데….”

“그럼 A짱이 나한테 벽쿵 할 거야?”

“그럴 생각이었는데?”

나는 세일러복을 입은 A짱의 온몸을 새삼스레 관찰했다.

“그래도, A짱은 작으니까~.”

“…그거 키 얘기 맞지?”

A짱은 불쾌한 듯이 눈을 게슴츠레 떴다.

참고로 내 신장은 160센티미터, A짱의 신장은 157.1센티미터다. 나는 의상으로 힐이 높은 구두를 신기도 하니까, 동영상이나 생방송에서도 A짱보다는 꽤 키가 커 보일 때가 많다. 상관없는 얘기지만, 나에 비하면 가슴 사이즈도… 적당한 수준이다.

“이건 용서할 수 없는 안건이니까, 엄하게 채점해야지….”

“엑?! 어째서?!”

"어째서고 뭐고 없습니다."

A짱은 점수를 메모한 뒤, 태블릿을 조작하면서 스튜디오를 이동시켰다.

풍경이 통학로에서 학교 교실로 변했다.

물론 우리가 대절한 상태고, 창밖에 보이는 교정에도 학생의 모습은 없다.

"자, 그럼. 학원물 장르 3번 문제! 이번에도 소라의 연기력을 시험해 보겠어."

"좋아. 어떤 연기라도 얼마든지 와!"

"학원물에는 개성적인 캐릭터가 많이 등장하는데요, 그중에서도 특징적인 것으로 『중2병』이라 불리는 캐릭터가 존재합니다. 참고로 소라는 중2병에 대해 알고 있어?"

"흐흐~응. 그야 알고 있지!"

나는 의기양양하게 "눈눈." 하고 고개를 끄덕였다.

"그러니까, 연기할 수 있어. 중2병이라는 말의 유래는 모르지만."

"오오~ 그랬구나. 나는 틀림없이 소라가 중2병을 몰라서, 중2병이라는 수수께끼의 병에 괴로워하는 연기를 하는 소라를 보게 될 줄 알았어."

"나는 이래 봬도 여러 VTuber와 아는 사이니까. 우리랑 같은 고등학생이고, 게임부에서 활동하는 도묘지 하루토 씨가 다른 사람들한테 중2병이라고 불리는 걸 들은 적이 있어. 중2

병이라는 거 멋있더라!"

"머, 멋있는 걸까…. 일단 해봐."

"응. 알았어~."

나는 심호흡하면서 집중력을 올렸다.

그리고 진지한 표정을 의식하면서, 목소리를 드높이 외쳤다.

"평안하신가! 토키노 소라다!"

"푸핫."

그러자 A짱이 대놓고 뿜어버렸다.

나는 저도 모르게 평소 모습으로 돌아가서 얼굴을 붉히고 말았다.

"진심으로 연기하고 있는데 웃지 마~!"

"아니, 소라와 중2병 캐릭터는 이렇게 안 어울리는구나 싶어서…. 꽃미남 소라 쪽은 꽤 잘 어울렸는데."

"그, 그런가… 아니, 이게 아니라… 자, 최강인 이 나에게! 중2병 캐릭터가 어울리지 않는다니! 있을 수 없는 일인 거다! 후우~하하하하!"

"으~음…. 역시 외모부터 들어가는 게 중요한 걸까?"

그렇게 말한 A짱이 태블릿을 터치했다.

그러자 내 오른눈에 안대가, 왼손에는 붕대가 나타났다.

"와앗! 조금 변신했네!"

"중2병이라면 이 두 가지를 빼놓을 수 없지. 사용법은 소라에게 맡기겠지만."

"그, 그게 말이지… A짱."

나는 왼손에 감긴 붕대를 빤히 바라봤다.

"나는 다치는 일이 많으니까, 안대도 붕대도 착용이 익숙해서 일상감이…. 그리고, 굳이 따지자면 중2병보다는 좀비 같지 않아?"

"확실히, 좀비 영화의 한구석에서 돌아다닐 것 같네."

그런 말을 하던 중, 태블릿이 띠롱, 하고 소리를 냈다.

"앗, 운영한테서 메시지가 왔네."

"어디어디?"

나와 A짱은 함께 태블릿을 들여다봤다.

우리가 동영상 촬영이나 생방송을 하다 보면 가끔 운영이 도와줄 때가 있다. 기재 문제 해결, 기획 아이디어 제시 등등, 나와 A짱도 많은 도움을 받고 있다. 이번에도 분명 그런 어시스트겠지.

태블릿에는 이런 메시지가 표시되어 있었다.

『두 분의 리얼 중2병 에피소드가 있나요?』

나는 그 질문에 고개를 갸웃했다.

'으응? 리얼인 중2병과 리얼이 아닌 중2병이 있나?'

내가 그런 생각을 하는 반면, 옆에 있던 A짱은 어째선지 얼굴을 붉히고 있었다.

게다가 먼 곳을 바라보며 부들부들 떨고 있다.

"A짱. 혹시 옛날에는 중2병이었어?"

"다, 다음 문제로 갈까…."

"앗. 억지로 얼버무렸다! 분명 뭔가 숨기고 있어!"

"안~들~립~니~다~! 자, 학원물 장르 4번 문제!"

A짱이 억지로 이야기를 진행했다.

수, 수상해…. A짱, 과거에 대체 무슨 일이….

"학원물이라면 부활동 요소가 필수적입니다. 야구부나 축구부 같은 현실적인 부활동도 있고, 가공의 세계에만 존재하는 부활동도 있습니다. 전차를 타고 싸우거나, 마작으로 일본 제일을 노리거나, 분주히 친구를 만들거나…."

"우리는 귀가부이긴 하지만."

"그런고로, 우선 소라가 들어가고 싶은 부활동을 망상해 보자."

"으~음…. 앗!"

이건 꽤 금방 떠올랐다.

"나, 운동은 잘 못하지만 운동부에는 들어가 보고 싶어. 만약 운동 신경이 좋았다면 테니스부가 좋을지도! 테니스 만화도 조금은 알고 있고, 게다가 테니스복은 귀엽잖아~."

"아~ 그건 좋을지도! 흔한 밈적인 의미로도 말이지. 학원물 장르 4번 문제는 테니스 만화를 재현하는 걸로 해볼까."

"야호! 테니스복을 입을 수 있어!"

A짱이 태블릿을 손가락으로 조작했다.

그러자 스튜디오가 교실 안에서 테니스 코트로 바뀌었다.

우리 복장은 테니스복…이 아니라 체육복이 됐다.

"어라? 테니스 치마가 아니야?"

"짧은 치마로 격렬한 운동을 하는 건 위험하다고 판단했습니다."

"뭐어~? 속바지도 제대로 입을 건데~? 혹시 사실은 A짱이 테니스 치마를 입는 게 부끄러운 것뿐인 거 아냐~?"

"그, 그렇지 않거든…. 자, 소라의 라켓."

라켓을 받은 우리는 자연스레 네트를 사이에 두고 대치했다.

그럴싸한 위치에 서긴 했지만, 사실 실제로 테니스를 해본 적은 한 번도 없다. 해본 적이 있는 건 테니스 게임뿐이다.

'테니스복을 입는다고 들뜨긴 했지만, 괜찮을까….'

나는 동요를 감추기 위해 테니스 라켓을 휘둘러 봤다.

그러자 내가 생각해도 깜짝 놀랄 만큼 후웅, 하는 깔끔한 소리가 났다.

"뭐지…? 굉장히 몸이 잘 움직이는 것 같아."

"시추에이션에 맞춰서 우리의 운동 능력도 파워 업한 모양이네. 지금이라면 버츄얼 기술 덕분에 생각한 걸 뭐든 할 수 있지 않을까? 그야말로 애니에 나올 법한 필살기라든가."

"눈! 나, 세이슌의 기둥이 될게! 그리고 서브는 나부터 해도 될까?"

"자, 자연스럽게 서브권을 가져가 버리네…."

나는 테니스공을 주워서 몇 번 지면에 튕겼다.

그리고 공중에 던져서, 있는 힘껏 테니스 라켓을 후려쳤다.
"눈!"
순간, 테니스공이 레이저빔으로 변해서 A짱을 덮쳤다.
"위험해?!"
A짱은 테니스 코트에 엎드려서 서브를 피했다.
내가 날린 레이저빔은 A짱의 뒤에 있는 안전 펜스에 깔끔하게 구멍을 뚫어버렸다.
"내 반사신경이 파워 업하지 않았다면 맞았을 거거든?!"
"미, 미안해… 생각보다 굉장한 서브가 되어버려서…. 하지만 원래 테니스는 상대 선수를 코트 밖으로 날려버리면 이기는 거 아니었어?"
"그 편중된 지식은 대체 뭐야?! 아, 아니… 테니스 만화에 나오는 흔한 밈적으로는 그게 정답인가."
"하, 한 번만 다시 할게!"
조금 전의 반성점을 살려서, 나는 조심스럽게 서브를 날렸다.
이번에는 레이저빔이 아니라 제대로 테니스 코트에서 바운드했다.
"아까는 당했지만, 나도 할 때는 하니까!"
A짱이 테니스 라켓으로 되받아쳤다.
그 순간, 테니스공이 세 개로 늘어나서 제각각 다른 방향으로 날아갔다.
'세 개 다 받아치지 않으면, 혹시 3점이나 빼앗기는 건가?!'

그럼 나도 똑같은 걸 하면 된다.

"그 정도로는… 멈추지 않는다고!"

원리는 전혀 모르겠지만, 아무튼 나도 세 명으로 늘어났다.

오른쪽, 가운데, 왼쪽— 한 명당 하나씩 테니스공을 되받아쳤다.

다만, 좌우의 테니스공은 환상이었는지 공중에서 스르륵 사라져 버렸다.

"큭…. 설마 똑같이 수를 늘려서 되받아치다니!"

허를 찔렸는지, A짱의 받아치는 공은 약했다.

분신을 없앤 나는 절호의 타이밍을 놓치지 않았다.

"눈!"

나는 하늘 높이… 그야말로 방어 펜스를 넘어설 정도로 도약했다.

하늘에서 눈부신 빛이 쏟아지고, 내 등에 커다란 천사의 날개가 달렸다.

전력을 다한 필살 스매시를 날렸다.

테니스공은 부드러운 빛에 휩싸이더니, 공기에 녹아내린 듯 모습을 감춰버렸다. 그리고 어느새 A짱 옆쪽의 테니스 코트를 굴렀다.

"어느새?!"

"후우, 뭔가 좋은 땀을 흘렸네."

나는 천천히 착지했다.

A짱은 뭔가 개운한 표정으로 그 자리에 서 있었다.

"상대에게 상처를 주지 않고 점수만 빼앗는다. 그게 소라의 필살 스매시인가…."

"나도 무아지경이었어. 굉장히 집중했으니까…. 마치 모든 것이 슬로 모션처럼 보였어. 그건 초일류 스포츠 선수만이 돌입할 수 있는「존」이란 거였을지도…."

거기까지 생각한 나는 충격적인 결론에 도달했다.

"헉?! 혹시 내게 숨겨진 스포츠의 재능이?!"

"아니, 그건 그냥 운동 신경이 강화된 영향일 거야."

"그렇구나~. 그래도 테니스 굉장히 즐거웠어!"

나는 완전히 기분이 좋아져서 테니스 라켓을 휘둘렀다.

지금이라면 새로운 필살 스매시를 얼마든지 떠올릴 수 있을 것 같다.

"운동을 잘 못하는 나라도 만화와 똑같이 테니스를 잘할 수 있게 된다니, 버츄얼 기술은 정말 대단하네! 새삼스럽게 그런 생각이 들어~."

"『과학의 힘이란 대단해!』라는 거네."

"응?"

지금, 뭐라고?

내가 되묻자, A짱이 조용히 어깨를 떨궜다.

"이 밈은 통할 것 같았는데…."

"아, 아~앗! 미안! 지금 떠올랐어! 그 게임의 대사지?!"

"…오? 알아챘어?"

"물론! 이건 유명한 거고, A짱이랑 같이 스마트폰으로 했었잖아!"

"소라! 이예~이!"

나는 웃으면서 A짱과 하이파이브했다.

'이게… 밈이 통했을 때의 기쁨!'

A짱이 사용한 밈을 모르고 넘길 뻔했을 때는 조마조마했지만, 맞물린 순간은 호흡이 맞은 콤비 플레이를 한 듯한 기분이었다. 이런 상쾌함을 맛볼 수 있으니까, 무심코 밈을 쓰고 싶어지는 기분도 이해가 간다.

'동영상 기획으로는 이번뿐일지도 모르지만, 흔한 밈 공부는 앞으로도 계속해야겠네…. 소라토모들과 더 즐겁게 이야기를 나눌 수 있을지도 모르고!'

의욕이 더욱 샘솟은 내 옆에서, A짱이 태블릿에 메모했다.

"자, 그럼…. 슬슬 전체를 통틀어서 최종 문제야. 소라."

"앗, 벌써 마지막이구나!"

"최종 문제는 학원물 장르의 정석, 『수영복 에피소드』입니다!"

A짱이 그렇게 말하면서 태블릿을 조작하자, 우리가 있는 곳이 테니스 코트에서 남쪽 섬의 모래사장으로 변했다.

투명한 푸른 하늘, 쨍쨍 내리쬐는 태양빛, 남쪽 나라 분위기가 물씬 나는 수많은 야자나무. 투명도 높은 푸른 바다는 한없이 넓고, 밀려왔다 돌아가는 파도가 기분 좋은 소리를 내고 있다.

"와아~ 햇살이 기분 좋아!"

어느새 내 복장은 체육복에서 세일러복을 이미지한 수영복으로 바껴 있었다.

비키니 위에 세일러 칼라와 미니스커트를 입은 디자인으로, 굉장히 귀여워서 바로 마음에 들었다.

"오, A짱의 수영복도 귀여워~."

"나, 나한테는 주목하지 않아도 되니까…."

A짱이 입은 건 검은 플레어 톱 비키니로, 어른스러움과 귀여움이 양립하는 근사한 디자인이었다.

"앗! 안키모가 저런 곳에!"

대마왕 역할을 마치고 어디로 갔나 했더니, 안키모는 해변 한 곳에서 목 위만 남긴 채 모래 산에 파묻혀 있었다.

『나는 신경 쓰지 않아도 되니까.』

아무래도 안키모도 자기 나름대로 남쪽 섬을 만끽하고 있는 모양이다.

A짱이 옆구리에 튜브를 들고 여기로 다가왔다.

"그런고로, 최종 문제는 수영복 에피소드 재현입니다. 뭐, 까놓고 말하면 이번 기획을 마지막까지 애써준 소라에 대한 포상 같은 셈이기도 해. 남은 시간은 바다에서 마음껏 놀자."

"어? 놀아도 돼?"

"애초에 수영복 에피소드는 그런 거니까."

"좋~았어. 그럼… 이얍!"

나는 뜨거운 모래사장에 맨발로 뛰어갔다.

물가로 다가가자, 밀려오는 파도가 발밑의 모래를 휩쓸었다. 살랑살랑 독특한 감촉이 기분 좋다. 무릎 근처까지 바다에 잠겨서 첨벙첨벙 움직이자, 튀는 바닷물이 남쪽 나라의 햇살에 비쳐서 마치 보석처럼 반짝반짝 빛났다.

A짱도 나를 따라 바다로 들어왔다.

"오…. 미지근한 줄 알았는데, 의외로 차갑고 기분 좋네."

"A짱, 이얍!"

나는 손바닥으로 물을 퍼서 A짱에게 뿌렸다.

"저질렀겠다, 소라!"

A짱도 지지 않겠다는 듯 바닷물을 내게 뿌렸다.

아하하하, 우후후후… 그렇게 몇 분 동안 물을 뿌린 뒤.

"저기… 소라? 우리, 언제까지 이러고 있을 거야?"

"흠칫."

A짱에게 아픈 점을 찔리고 말았다.

"그게, 나는 맥주병이니까…."

"응. 알고 있었어. 뭐, 수영복 에피소드는 어디까지나 수영복 차림을 보여주기 위한 이야기니까, 이렇게 놀기만 해도 되긴 하지."

"그, 그렇지~?"

나는 헤엄치지 않아도 돼서 내심 안심했다.

나, 토키노 소라는 맥주병이다.

이렇게 물가에서 물장난을 치는 거라면 모를까, 물속에서 헤엄치는 건 아예 논외다. 수영 수업 때는 언제나 텐션이 폭락해서, 이런저런 이유를 대서 땡땡이를 치기도….

"그래도 뭐, 이렇게 될 것 같아서 확실히 준비했습니다."

A짱이 바다에서 나와, 태블릿을 손가락으로 조작했다.

그러자 갑자기 모래사장에 수박과 나무 막대기 세트가 나타났다.

"네, 수박 깨기 세트."

"와아~! 나, 수박 깨기 해보고 싶었어!"

가족이나 친구와 바다에 간 적은 있어도, 실제로 수박 깨기를 하는 사람은 거의 못 봤다. 내게도 수박 깨기는 이번이 처음 하는 경험이다.

나는 두근두근하면서 나무 막대기를 들고 모래사장에 놓인 수박에서 떨어졌다.

A짱이 아이 마스크로 내 눈을 가렸다.

"좋아, 할게~!"

"소라, 일단 앞으로 나아가!"

나는 A짱의 목소리에 의지하며 조금씩 전진했다.

눈가리개를 한 상태여서 똑바로 걸어가고 있는지 전혀 모르겠다.

"소라, 조금 오른쪽으로 엇나가기 시작하고 있어!"

"어어… 이쪽이려나?"

"거기라면 안키모가 위험해!"

마치 검도 시합처럼 신경을 곤두세우면서 슬금슬금 수박이 있을 법한 방향으로 거리를 좁혔다.

"소라, 거기서 막대기를 휘둘러!"

"응. 알았어… 에잇!"

나는 A짱에게 들은 대로 막대기를 휘둘렀다.

투웅, 하고 큰북을 두드리는 듯한 소리와 함께 확실한 느낌이 났다.

"버, 벗어도 돼?! 아이 마스크, 벗어도 돼?!"

"괜찮아. 소라. 벗어봐."

나는 아이 마스크를 확 벗었다.

햇살이 눈부셔서 눈을 뜰 수가 없었기에, 가늘게 뜨면서 천천히 익숙해졌다.

어렴풋이 보이는 녹색과 검은색의 줄무늬.

그리고, 선명한 붉은색과 상쾌하고 달콤한 냄새.

내가 막대기를 휘두른 곳에, 수박이 깔끔하게 깨져있었다.

"해냈어, A짱! 난생처음으로 수박을 깼어!"

"축하해, 소라. 바로 먹어보지 그래?"

"에헤헤, 그럼 호의를 받아들여서…."

나는 적당한 크기로 쪼개진 수박을 손에 들었다.

빨간 과육을 깨물려다가… 거기서 문득 의문이 들었다.

"이, 이거 영상뿐인 버츄얼 수박은 아니지?"

"안심해. 토스트 때와는 달리 진짜니까."

"그래? 그럼 이번에야말로 잘 먹겠습니다~."

사각, 하는 경쾌한 식감.

달콤~한 과즙이 입 안 가득 퍼지면서 가슴속에서 행복이 샘솟았다.

수박 깨기로 깨서 그런지, 한층 더 맛있는 것 같다.

"하아아~ 맛~있~어~!"

"나도 먹을게."

A짱도 함께 수박을 먹기 시작했다.

그걸 본 안키모가 모래 산에서 뛰쳐나왔다.

『나도 수박 먹고 싶어~!』

그 후, 나와 A짱과 안키모는 마음껏 수박을 먹었다.

오늘 하루의 포상으로는 대만족이다.

수박을 다 먹은 뒤, 우리는 여느 때의 스튜디오로 돌아왔다.

새하얀 천장과 타일 바닥, 수많은 조명과 카메라, 그리고 컴퓨터와 기재의 산…. 직접 만든 비밀기지 같은 이 공간으로 돌아오자 왠지 안심이 됐다.

나와 A짱의 의상도 여느 때처럼 돌아왔다.

안키모는 남쪽 나라 기분이 빠지지 않았는지, 스튜디오 구석에 해변 의자를 놓고 트로피컬한 주스를 마시며 뒹굴거렸다.

"오늘의 촬영은 즐거웠네, A짱."

"아니, 아직 채점이 남아있거든."

"아, 그랬지!"

나는 겨우 기획의 목적을 떠올렸다.

이번에는 인터넷에서 유명하고 흔한 밈을 배우기 위해 A짱이 준비한 다양한 문제에 도전하는 거였다.

"에헤헤. 나, 완전히 까먹고 있었어~. 그래도 나온 문제는 제대로 해결했다고 생각해. 고블린들과 친해졌고, 대마왕을 무찔렀고, 중2병도 테니스도 확실히 했다고 생각하고! 눈!"

"괴, 굉장한 자신감이네…. 고블린들과 친해진 건, 흔한 밈에서는 빗나간 것 같은데…."

A짱은 어째선지 살짝 당혹스러워하면서도 채점에 들어갔다.

"그럼, 정석 시추에이션과 비교했을 때 소라가 얼마나 올바른 리액션을 보였는가, 제가 독단과 편견으로 채점하고자 합니다. 이세계 판타지와 학원물, 두 가지 장르를 모은 종합 득점은—."

A짱이 손에 든 태블릿을 카메라에 비췄다.

태블릿 화면에는『채점 불가능』이라고 표시되어 있었다.

"채, 채점 불가능? …아니, 어떻게 된 거야?"

나는 이해하지 못해서 눈을 깜빡였다.

A짱이 태블릿을 손에 들고 설명해 줬다.

"이번 기획, 원래는 소라가 얼마나 올바른 리액션을 보이느냐를 채점할 예정이었는데, 소라의 정석에 얽매이지 않는 행동이 재미있었고, 확실히 이런 귀여움도 괜찮겠다…는 생각이 들었거든. 이건 그냥 정답 오답으로 가릴 수 있는 게 아닌 것 같아서…."

"귀, 귀여웠어? 에헤헤~ 쑥스럽네~."

"나는 소라가 인터넷 문화를 잘 알았으면 했고, 소라도 공부에 의욕적이었지만… 소라는 아마 이런 걸 잘 모르는 편이 좋을지도 모르겠네. 그게 반응도 신선하니까."

"엑?!"

왠지 터무니없는 말을 듣게 된 것 같다.

"그, 그럼 내 의욕과 노력은 어떻게 되는 건데~?!"

"인터넷에서 널리 알려진 밈 중에는 사실 건드리지 않는 게 좋은 것도 많거든. 소라는 지금 이대로 있어 줬으면 좋겠네. 그런 민감한 밈으로부터 소라를 지키는 것… 그것이 소라토모들의 뜻이기도 할 테니까. 나는 소라토모 제1호로서 그 역할을 확실히 완수해야겠지."

"그렇구나아…. 그런 건가아…."

왠지 석연치는 않았지만.

이렇게 나의 하루 한정 인터넷의 흔한 밈 공부 모임은 끝났다.

나중에 생각해 보니 공부를 잘 못하는 내 의욕이 계속 이어질 리도 없었고, A짱이 나는 이대로 있어도 된다고 인정해 준 덕분에 나로서는 굉장히 마음이 편했다.

나, 토키노 소라는 오늘도 자연스러운 모습으로 활동 중이다.

당신의 마음은…

「흐림 뒤 맑음!」

라이트노벨 출장판

홀로라이브 편

건방진 후배.
평소에는 쌀쌀맞지만
친해진 상대에게는 응석도 부린다.
빨간 리본과 하트를 좋아해서
머리카락이나 옷에 자주 붙이고 있다.

Twitter▶ @akaihaato

YouTube 채널 ▶

소라토모 네임: 아카이 하아토

저한테는 동경하는 선배가 있습니다.
그 선배는 귀엽고, 노래를 잘 부르고, 호러 게임
을 좋아합니다. 저도 그 선배처럼 되고 싶어서
VTuber 활동에 임하고 있습니다. 하지만 호러
게임만큼은 어떻게 해도 거북합니다. 그래서,
어떻게 해야 호러 게임을 즐길 수 있을까요?
그리고 나중에 또 같이 플레이하지 않을래요?

Answer

동경하는 선배… 동경하고 목표로 삼은 사람이 가까이 있다는 건 좋은 일이지. 하아토가 동경한다니, 분명 그 선배도 행복할 거야~! 호러 게임이 거북한 건가아…. 나도 처음에는 무서웠지만, 다른 사람의 게임 스트리밍 영상 같은 걸 보면서 서서히 익숙해졌어. 게다가 호러 게임은 스토리의 재미나 설계가 굉장하니까, 그 부분을 알아채면 스스로 해보고 싶어질 거야! …아, 나도 모르게 말이 빨라졌네…. 물론 호러 게임은 언제든 환영이니까, 하아토에게 추천하고 싶은 것을 잔뜩 골라놓을게♪

당신의 마음은…

「흐림 뒤 맑음!」

라이트노벨 출장판

홀로라이브 편

백발 동물귀 여고생.
부끄러움을 많이 타고,
얌전한 성격이지만,
실은 사람들과 이야기하는 걸 좋아해서,
어울려 주면 기뻐한다.

Twitter▶ @shirakamifubuki

YouTube 채널 ▶

소라토모 네임: 시라카미 후부키

콘콘 키~츠네! 홀로라이브의 버츄얼 여우! 여우라고요~? 시라카미 후부키입니다! 소라짱에게 묻고 싶은 게 잔뜩 있지만, 힘내서 딱 하나로 좁혔습니다! 소라짱은, 여우가 된다면 자유롭게 자연을 누비고 싶나요? 아니면 신사의 수호신으로서 머물고 싶나요? 참고로 저는! 사실 수호신 여~우이기도 합니다!

Answer

응… 여우 후부키, 안녕! 음~ 글쎄~. 만약 내가 여우가 된다면 다른 여우들에게 달라붙어서 폭신폭신한 꼬리나 귀를 조물조물하고 싶네…. 아, 이건 여우가 되지 않고 인간일 때도 할 수 있는 일이구나…! 앗! …그러니까 다음에 만났을 때 후부키의 꼬리나 귀를 조물조물하게 해줘, 약속이야~♪

당신의 마음은…
「흐림 뒤 맑음!」
라이트노벨 출장판
홀로라이브 편

치어리더부 신입생. 밝고 기운차고
붙임성 있는 성격이라 누구와도
금방 친해지며, 친구도 많다.
축제나 이벤트 등 즐거운 걸 좋아한다.

Twitter▶ @natsuiromatsuri

YouTube 채널 ▶

소라토모 네임: 나츠이로 마츠리

거유가 되고 싶어!!

참고로, 고등학교를 졸업할 때까지는 홀로라이브에서 제일가는 가슴 캐릭터로 올라갈 예정입니다.

Answer

여자아이의 귀여움은 사람마다 달라! 그러니까 마츠리는 지금도 충분히 귀엽고, 그 모습 그대로라도 정말 좋아하는 후배야♪ 그래도 목표를 정해서 매일 의욕을 내는 건 좋은 일이라고 생각하고, 기왕 목표로 삼는다면 최고를 노려야겠지—! 그리고 모티베이션 유지를 위해, 고등학교를 졸업하고 나면 노력의 성과… 나한테 몰래 알려줘♪

【3】 친구A는 말하고 싶다

안녕하세요, 친구A입니다.

언제나 소라의 VTuber 활동을 응원해 주셔서 감사합니다.

지금까지 소라의 활동을 즐겁게 봐주셨나요?

저는 보통 후방에서 소라의 활동을 돕고 있어서, 소라가 노력하는 모습을 언제나 가까이서 보고 있습니다.

소라의 꿈은 요코하마 아레나에서 라이브를 여는 것…이고, 소라는 꿈을 향해 매진하고 있지만, 제가 보기에는 덤벙대고 위태롭달까, 이른바 얼빠진 구석이 있다고나 할까—.

"A짱, 뭐 하고 있어?"

내가 스튜디오의 컴퓨터로 텍스트를 입력하던 중, 여느 때의 의상으로 갈아입은 소라가 찾아왔다.

"생방송까지 시간이 있으니까, 칼럼계 작업을 조금…."

"어떤 걸 적고 있… 우와!"

내 어깨에 턱을 올린 소라가 컴퓨터 화면을 들여다봤다.

아니나 다를까, 그녀의 눈이 내가 쓴 문장에 박혀버렸다.

"너, 너무해~! 나, 얼빠지지 않았거든!"

마음에 안 들었는지, 소라가 퉁명스럽게 뺨을 부풀렸다.

나는 겨우 컴퓨터 화면에서 고개를 들었다.

"자각 없었어?"

"나, 나는 얼빠지지 않았어~!"

나는 그렇게 주장하는 소라의 의상을 바라보면서 슬쩍 체크했다.

"가슴팍의 리본이 안 묶여 있는데? 그리고 소매가 없는데?"

"리본은 몰라도 소매가 없는 건 언제나 그렇잖아!"

이런 대화도 일상다반사다.

이번에는 소라의 절친인 나… 친구A의 시점에서 소라의 사적인 부분에서 얼빠진 구석을 소개하려고 한다.

소라토모 여러분도 소라의 일상을 알게 되는 동시에, 그녀가 가진 뜻밖의 매력(?)을 느껴준다면 기쁠 거다.

그리고, 소라는 일상의 생활 태도를 고칠 것!

×

저와 소라는 같은 고등학교 같은 반입니다.

그래서 저는 수업 중에도 소라를 돌봐줄 때가 많은데—.

그건 영어 수업 중에 있었던 일이다.

선생님이 칠판 앞에 서서 교과서를 들고 문법 설명을 했다.

반 아이들 대부분은 열심히 수업을 듣고 있었다.

나도 교과서에 밑줄을 치거나 중요한 부분을 노트에 필기하거나 했다.

소라의 서포트를 하는 것도 중요하지만, 학생의 본분을 잊으면 안 된다.

그런데, 정작 소라는—.

'…여, 역시!'

옆이 묘하게 조용하다 싶었는데, 소라는 교과서를 칸막이처럼 세우고 책상에 얼굴을 묻은 채 완전히 잠들어 있었다.

잠든 얼굴은 마치 아기처럼 평온하다.

자고 있다는 건 일목요연해서, 선생님이 주의를 주는 것도 시간문제다.

동영상 촬영과 매주 한 번 있는 생방송, 보이스 트레이닝, 자주적인 댄스 연습, 매일 아침 있는『흐림맑음』투고, 그에 더해서 물론 학교 숙제도 해야만 한다. 그렇기에 소라가 피곤한 것도 이해할 수 있지만….

'나는 알고 있어. 소라가 어젯밤 신작 호러 게임을 한밤중까지 플레이했다는 걸! 왜냐하면 소라 본인이 호러 게임 감상을 수시로 라인으로 보내왔고, 생방송에서 소개하고 싶다고 어필까지 했으니까…!'

그리고 아니나 다를까, 소라는 자고 있다는 걸 선생님에게 바로 들키고 말았다.

"거기, 토키노! 토키노, 일어나라!"

"네엣?!"

이름을 부르자 소라가 벌떡 일어났다.

너무나도 기세가 강해서 반 아이들이 대폭소했다.

"그게, 감사감사… 에헤헤."

모두가 주목한다는 걸 알아챈 소라는 쑥스러운 듯이 웃었다.

그런 그녀의 반응에 선생님도 어안이 벙벙해졌다.

"토키노, 교과서의 다음 내용부터."

"다, 다음 내용이요?!"

소라가 시선으로 내게 도움을 요청했다. 나는 "여기부터야."라고 손가락으로 가리켜줬다.

"고마워, A짱! 그~게… 아이 위시, 아이 웨어, 어 버드…."

참으로 어색한 발음이 이어졌다.

소라의 말에 따르면 리스닝은 비교적 잘한다고 한다. 음악으로 영어를 자주 들어서 그런 걸까?

"쉬 세드… 바이노럴, 이즈, 어브노멀…."

소라는 어떻게든 영문을 다 읽고 자리에 앉았다.

한바탕 일을 끝냈다는 달성감으로 가득한 표정을 하고 있다.

"고마워, A짱. 이번에도 살았어."

"정신 똑바로 차려, 소라."

우리 대화를 들은 반 아이들이 키득키득 웃었다.

게다가 선생님마저도 맥이 빠진 듯이 말했다.

"그나저나, 너는 정말로 토키노의 보호자 같구나."

나한테 말한 거야?! 나는 부끄러워서 얼굴이 빨개졌다.

"아니, 딱히 보호자인 건…."

"맞아요, 선생님. A짱이 없으면 정말로 곤란하다니까요."

소라는 졸다가 주의를 받았는데도 참 느긋하다.

'나중에 단호하게 말해둬야겠어….'

나는 완전히 수업 참관 이후의 어머니 같은 기분이 됐다.

×

그 후, 다음 쉬는 시간에 있었던 일입니다—.

"으~응. 겨우 끝났다~."

영어 수업이 끝나고, 자기 자리에서 소라가 기지개를 켰다.

열심히 했다는 분위기를 내고 있지만, 아무리 생각해도 수업의 절반은 자고 있었다.

'여기서는 확실하게 주의를 주는 게 좋겠어….'

나는 그녀가 쓰던 영어 노트를 들었다.

"A짱, 왜 그래?"

"소라. 수업 중에 제대로 필기하고 있어?"

영어 노트를 팔랑팔랑 넘겼다.

'은근히 똑바로 적어두긴 했지만, 중요한 부분이 드문드문 빠져있네….'

그러나 생각보다 제대로 필기하고 있었다.

이거라면 주의를 줄 정도는 아니네…. 내가 조금 안심한 직후.

"어—."

노트 구석에 있는 터무니없는 게 눈에 들어왔다.

"어…? 이건, 어?!"

나는 도저히 이해하지 못해서 곤란한 채 우두커니 섰다.

그걸 목격한 순간부터 "혹시…." 하는 직감은 있었다.

그래도 그 직감을 인정하고 싶지 않은 나 자신이 있다.

"저기, 소라… 여기 그려져 있는 건 뭐야?"

나는 조심조심 물었다.

소라는 활짝 웃으면서 대답했다.

"A짱의 초상화야! 잘 그렸지?"

"여, 역시나~!"

이 심플하기 그지없는 안경을 쓴 수수께끼의 얼굴만 있는 괴물.

세심하게도 리본도 달고 있어서 혹시나 했는데….

"참고로 이 콩 같은 건 뭐야?"

"그건 손이야."

"아아, 이 얼굴에서 뻗은 선이 손이었나…. 이건 그거야?

눈ㅅ
바아
삐이 ...

소라는 나를 콩이라고 생각하는 거야?"

"아, 아니야아! 확실하게 봐봐, A짱!"

소라는 진지하게 울컥울컥 화를 냈다.

'설마, 내가 정말로 이렇게 보이는 건 아니겠지…?'

나는 계속해서 영어 노트의 페이지를 넘겼다.

잘 보니, "중요한 부분은 여기야!"라는 말풍선이 붙은 마스코트 캐릭터 같은 느낌으로 노트 구석에 이런저런 낙서가 그려져 있었다.

"그럼 이건?"

"가재인데."

"엑? …가재… 엑?"

나는 무척이나 전위적인 그 화풍에 현기증이 났다.

감기에 걸렸을 때 꾸는 꿈에 나올 법한 형상이다.

"이건?"

"개구리야."

"이쪽은?"

"돼지야."

"이, 이 아이는?"

"새야."

차례차례 시야에 날아드는 수수께끼의 캐릭터들은 흡사 백귀야행이나 바이오 해저드…. 지금까지 소라의 미술 센스를 신경 쓴 적은 없었는데, 나는 어쩌면 터무니없는 재능을 발굴

하게 된 걸지도 모른다.

“소라가 설마 『화백』이었을 줄이야….”

“그렇지? 나, 그림 그리는 건 특기야!”

“…….”

나는 어떻게 반응해야 할지 몰라서 침묵했다.

‘이 아이, 화백이라는 말의 의미를 모르나 보네….’

그녀는 순수하게 있어 줬으면 좋겠다. 이건 나도 바라는 일이다.

그러나, 어째서일까….

순순히 기뻐하는 소라를 앞에 두고 느끼는 이 죄책감은….

“그래! 이 그림, A짱의 얼굴 아이콘으로 쓰자!”

“후엣?!”

완전히 허를 찔려서 이상한 소리가 나와버렸다.

소라는 『내가 생각하기에도 묘안!』이라는 듯이 싱글벙글 웃었다.

“A짱. 요즘 동영상이나 생방송에서 목소리 출연이 늘어났잖아? 그럴 때 얼굴 아이콘이 있으면 소라토모들도 알기 쉬울 거야~.”

“아~ 그건 확실히 그럴지도.”

새삼 소라가 그려준 내 초상화를 바라봤다.

이렇게 보니 꽤 느낌 있는… 것도 같다.

‘확실히, 내 아이콘으로 쓴다면 꽤 편리하니까, 여기서는 소

라가 그려준 초상화를 채용할까. 소라토모들의 반응도 보고 싶고….'

좋아. 나는 고개를 끄덕이며 결정했다.

"고맙게 쓸게, 소라."

"에헤헤. A짱이 기뻐해 줬네~♪"

그렇다…. 이때의 나는 예상하지 못했다.

이 초상화가 『A콩』이라는 애칭이 되어 소라토모들에게 정착하게 된다는 것을….

×

조리 실습 시간에는 이런 일이 있었습니다—.

나와 소라는 조리 실습에서 운 좋게 같은 조가 됐다.

조리 실습대에는 지금부터 사용할 조리도구와 재료가 놓여 있었다.

"오늘 만드는 건 쇼트케이크네."

앞치마 차림의 소라가 활기찬 기색으로 말했다.

"갓 만든 쇼트케이크, 기대되네!"

"소라, 만드는 법 제대로 기억하고 있어?"

내가 만약을 위해 확인하자, 소라는 시치미를 떼듯이 시선을 돌렸다.

"최종적으로 재료를 전부 섞어서 구우면 어떻게든 되지 않을까?"

"그럼 오코노미야키나 몬자야키 같은 느낌이 되어버릴 텐데…?"

이렇게, 첩첩산중인 쇼트케이크 만들기가 시작됐다.

우선 토대가 되는 스펀지케이크를 만들었다.

내가 그릇을 고정하는 역할, 소라가 반죽 소재를 섞는 역할이다.

"설마 스펀지케이크에 이렇게나 설탕이 많이 들어갔다니…."

"의외로 많이 들어가는구나. 소라도 단 걸 너무 많이 먹지 않게 조심해."

"지, 지금 이럴 때 최대한 칼로리를 소비해 놔야지!"

반죽 재료를 다 섞으면, 그걸 틀에 붓고 오븐에 넣는다.

스펀지케이크가 구워지는 걸 기다리면서, 그동안 휘핑크림을 만든다.

이번에는 소라가 그릇을 들고, 내가 거품기로 재료를 섞었다.

"흠! 흠!"

"A짱. 요즘 컴퓨터만 두드리고 있어서 운동 부족 아냐?"

"팔이 피곤해…. 그래도 멈추지 않아~!"

"그, 그건 나의 결정 대사라고~!"

휘핑크림이 완성되면, 다 구워진 스펀지케이크가 식는 걸 기다린다.

그동안 자연스레 요리에 관한 이야기를 했다.

"소라. 가끔은 요리하고 있어?"

"물론 하고 있지~!!"

소라가 자신만만하게 답했다.

"인스턴트 라면이라든가, 인스턴트 야키소바라든가…."

"그건 요리가 아니잖아?!"

"물을 끓여서 붓는 것도 어엿한 요리야! 인스턴트 야키소바는 물을 부은 뒤에 다시 빼야만 하잖아? 그거 어렵거든?!"

"확실히, 긴장을 풀면 『촤악』 하고 쏟아버리니까…."

나도 그만 상상하고 말았다.

"소라가 장래에 혼자 살기 시작하면 어떻게 될까?"

매일매일 요리, 세탁, 청소….

어쩌면 이 아이에게는 짐이 무거울지도 모른다.

내가 그렇게 불안에 잠기자….

"그때는 A짱이 돌봐줄 거지~?"

소라가 상상 이상의 말을 꺼냈다.

그녀의 터무니없는 발언을 듣고 같은 조 아이들이 웃음을 터뜨렸다.

"나는 소라의 사생활까지 돌봐줘야 하는 거야?!"

"내가 혼자 살게 될지는 모르겠지만. 쓸쓸함을 타니까."

소라는 에헤헤, 하고 부끄러운 듯이 웃었다.

'이건 『쓸쓸하니까 같이 살자.』라고 말할 듯한 패턴….'

그런 생각을 하던 중에 담을 준비가 끝났다.

그리고 같은 조원들과 왁자지껄 상의하면서 동그란 스펀지 케이크에 휘핑크림을 균등하게 바르고, 새빨간 딸기를 한껏 진열했다.

완성품은 서툴긴 해도 그럭저럭 괜찮은 완성도였고, 이제 자르기만 하면 되지만….

"내가 할게! 눈!"

소라가 의욕을 내면서 입후보했다.

완성된 쇼트케이크를 앞에 두고 텐션이 올라간 모양이다.

'소라에게 맡겨도 괜찮을까….'

내가 일말의 불안감을 느끼는 가운데.

"좋~아, 할게~."

소라는 무슨 생각인지 케이크 나이프를 마치 수술용 메스처럼 쥐었다.

같은 조원들이 저도 모르게 한 발짝 물러났다.

"그 외과 의사 같은 나이프 잡는 법은 대체 뭐야?!"

"어? 이렇게 위에서 칼날을 넣어서 자르는 거 아냐?"

"아니, 그러면 케이크가 뭉개지잖아…."

소라의 위태로운 모습을 목격한 조원들이 상의한 결과, 쇼트케이크를 자르는 건 내가 맡기로 했다.

깔끔하게 등분한 뒤, 우리는 바로 쇼트케이크를 먹었다. 겉보기는 조금 좋지 않지만, 우리가 만든 쇼트케이크의 맛은 각

별해서, 소라도 둘이 먹다 하나가 죽어도 모르겠다고 말하는 듯한 미소를 지었다.

"으~응. 칼로리니 뭐니 말하지만, 이 맛에는 저항할 수 없어~."

"이해해."

'그나저나… 소라가 혼자 살지 말지 모르긴 하지만, 만약 밸런타인데이 때 소라토모들에게 초코를 보내주는 기획 같은 걸 하면 어떻게 될까? 아니, 그래도 실제로 만드는 건 너무 위험하니까, 먼저 요리 퀴즈라도 하는 편이….'

무슨 일이든 기획과 연결해서 생각하고 만다.

나는 복잡한 표정을 지으면서, 달고 맛있는 쇼트케이크를 먹었다.

×

소라는 수업뿐만 아니라 학교 행사에도 이런 기색이어서—.

매년 한 번 있는 체육제.

"올해는 정말로 다행이야…."

교정에 설치한 텐트에서 나와 소라는 반 아이들과 함께 차례를 기다리고 있었다.

구름 한 점 없이 쾌청해서, 절호의 체육제 날씨다.

물론 내가 걱정하는 건 날씨가 아니다.

"소라가 위험한 종목에 엔트리하지 않아서 정! 말로 다행이야!"

"에헤헤, 나도 안심하고 있어~."

우리는 레저 시트에 나란히 앉아있었다.

교정 트랙에는 장애물 경주가 한창 진행되고 있다.

출전한 학생들은 평균대를 건너거나, 밧줄로 만든 그물을 기어서 지나가거나 뜀틀을 뛰어넘는 등 분투하고 있다.

자, 그럼. 소라가 묘하게 자주 다친다는 건 소라토모들도 잘 아는 일이다.

장애물 경주 같은 종목에 출전했다간 어떻게 다치게 될지….

호들갑일지도 모르지만, 조심해서 나쁠 건 없다.

"나도 안심하고 출전할 수 있는 경기가 있어서 다행이야. 게다가 대활약!"

소라가 흥분이 식지 않은 기색으로 말했다.

그녀가 참가한 건 물건 빌리기 경주였다.

전력으로 뛰거나 도약하거나 하지 않는 경기라서 나는 안심했었는데….

"뭐, 그건 확실히 대활약이었지."

나는 그때의 일을 떠올렸다.

소라가 빌릴 물건이 적힌 제비를 뽑은 뒤, 갑자기 내게 찾아왔다.

빌릴 물건은 『친구』나 『절친』인가…. 그렇게 생각하며 제비 내용을 확인하자—.

"어째서 소라는 『보호자』를 보고 나를 데려가는 걸까!"

"A짱, 평소에도 보호자 같으니까 괜찮겠다 싶어서♪"

그래서 골인한 뒤에 심의에 들어갔지만, 체육제 실행위원이 내린 판단은 『문제없음』이었다.

나=소라의 보호자라는 인식은 전교생에게 침투한 모양이다.

심의 결과가 나온 순간이 오늘 체육제에서 제일 흥겨웠던 것 같다.

"후후후, 다음 경기에서는 좀 더 흥겹게 만들 거니까!"

소라는 의욕을 내면서 콧김을 거칠게 내뿜었다.

마침 그때, 출전자를 부르는 안내 방송이 흘렀다.

『바구니 공 넣기의 참가자는 운동장에 모여주세요.』

"이크, 우리 차례네."

나와 소라는 바로 지정된 집합 장소로 향했다.

참가자가 모인 뒤, 줄을 서서 교정 한가운데로 이동하기 시작했다.

"얘들아~!"

소라가 반 아이들과 홀로라이브 동료들에게 손을 흔들었다.

홀로라이브에는 소라 말고도 많은 버츄얼 아이돌들이 소속되어 있다. 라이버라고 불리는 그녀들은, 말하자면 소라의 후배다. 오늘은 그 라이버들이 소라를 응원하려고 달려와 줬다.

"나, 힘낼 테니까~!"

소라의 말을 듣고 라이버들의 성원도 뜨거워졌다.

버츄얼 로봇 VTuber 로보코 씨.

버츄얼 무녀 VTuber 사쿠라 미코 씨.

버츄얼 싱어 VTuber AZKi 씨.

홀로라이브 1기생에서는 요조라 멜 씨, 아키 로젠탈 씨, 아카이 하아토 씨, 시라카미 후부키 씨, 나츠이로 마츠리 씨.

홀로라이브 2기생에서는 미나토 아쿠아 씨, 무라사키 시온 씨, 나키리 아야메 씨, 유즈키 초코 씨, 오오조라 스바루 씨.

홀로라이브 게이머즈에서는 오오카미 미오 씨.

활동을 시작했을 때는 소라 한 명뿐이었던 걸 생각하면, 이렇게나 동료가 늘어나서 정말 감회가 깊다.

우리는 모두의 성원을 받으며 지정 위치에 섰다.

발밑의 지면에는 적팀의 빨간 공이 잔뜩 굴러다녔다.

『바아!』

문득, 어딘가에서 익숙한 목소리.

우리가 돌아보자, 어느새 안키모가 달려오고 있었다.

게다가 비디오카메라까지 지참하고 있다.

"안키모, 이런 곳에 어쩐 일이야? 너무 가까이 있으면 위험해."

소라가 걱정하며 쪼그려 앉았다.

안키모는 『걱정할 것 없다.』라는 듯이 가슴을 두드렸다.

『오늘의 나는 카메라 담당이야. 두 사람의 활약을 가까이서 촬영할게.』

“그렇구나! 그럼 주의하면서 부탁할게.”

『맡겨둬! 소라도 A짱도 파이팅이야!』

두 사람이 대화하는 사이에 경기 시작 휘슬이 울렸다.

그 순간, 참가한 학생들이 일제히 공을 던지기 시작했다.

“소라, 시작됐어!”

“아, 정말이네! 좋~아, 할게~!”

우리도 조금 늦게 공을 넣기 시작했다.

‘좋아, 일단은 정석대로….’

나는 쪼그려 앉아서 공을 들 수 있을 만큼 들고, 그걸 단번에 바구니를 향해 던졌다.

이러면 일일이 공을 줍는 시간을 단축할 수 있다고 들은 적이 있다.

“에잇! 에잇!”

단축할 수 있는 건 좋지만… 정작 공이 전혀 바구니에 들어가지 않는다.

‘왜, 왜 안 들어가는 거야?! 아얏!!’

결국 내가 던진 공이 내 머리에 맞아버릴 지경이다.

‘소라는 잘하고 있을까…?’

나는 공을 계속 던지면서 소라의 움직임을 힐끔 바라봤다.

“눈! 눈! 눈!”

소라는 엄청난 속도로 공을 줍고 던지고, 줍고 던지는 걸 반복했다.

공을 모으는 잔재주에 의지하지 않고, 아무튼 닥치는 대로 던지고 있다.

게다가 공을 주울 때 거의 아래를 보지 않고 있다.

바구니에서 시선을 떼지 않으니까, 공 투입률도 놀랄 만큼 높았다.

'…우, 운동이 서툰 저 소라가 활약하고 있어?!'

그러나 잘 생각해 보면 납득이 갈지도 모른다.

소라는 요즘 자주적인 댄스 훈련을 빼먹지 않고 있으니까, 체력도 하반신도 단련하고 있을 거다.

어쩌면 내가 다치는 걸 걱정할 필요도 없을지도 모른다.

'소라, 완전히 성장했네…!'

내가 공을 넣다가 감회에 잠겨있던 중.

『바앗?!』

어느새 안키모가 공 넣는 바구니 안에 들어가 버렸다.

"아, 안키모?!"

예상 밖의 일에, 내 눈을 의심했다.

그러나 공 넣는 바구니에 들어가 있는 건 틀림없이 안키모였다.

『소, 소라…. A, A짱… 구해줘….』

"구, 구해달라고 해도 경기 중인데…."

안키모는 바구니에서 빠져나가려 했지만, 바구니에 쳐진 그물에 손발이 엉킨 데다 차례차례 공이 들어오고 있어서 꼼짝하지 못하게 됐다.

'어, 어째서 이런 일이…. 아니, 설마?!'

생각할 수 있는 건 하나밖에 없다.

안키모는 소라 근처에서 카메라를 들고 촬영하고 있었다.

그리고 소라는 아래를 거의 보지 않고 감촉에 의지하여 공을 줍고 있다.

어쩌면, 소라는 안키모를 착각해서 던져버린 걸지도….

"안키모, 봤어 봤어? 나, 굉장히 활약하고 있지!"

소라는 기쁜 듯 돌아봤지만, 그곳에 안키모의 모습은 없었다.

"어라? 안키모는?"

주변을 두리번두리번 바라보던 소라는 다시 공 넣는 작업으로 돌아갔다.

'용서해 줘, 안키모…!'

나도 지금은 그저 공 넣기에 집중했다.

그 후에는 소라의 활약도 있어서 우리 적팀이 공 넣기에서 백팀에 이길 수 있었다.

응원하러 온 홀로라이브 동료들의 텐션도 최고조다.

그러나 화려한 승리의 대가로, 안키모는 공 넣기가 끝날 때까지 바구니 안에서 답답하게 있어야만 했다.

"안키모, 실수로 던져버려서 미안해…."

우리는 공 넣기가 끝난 뒤, 안키모를 바구니 안에서 구출했다.

소라는 모처럼 경기에 이겼는데도 울먹이고 있었다.

『나는 괜찮아. 이 정도는 멀쩡해.』

안키모의 몸은 바구니 안에서 납작해져 버렸지만, 밖으로 나오자마자 순식간에 폭신폭신한 몸으로 돌아갔다.

『게다가 카메라를 지면에 떨어뜨렸을 때는 초조했지만, 운 좋게 박력 넘치는 영상을 녹화할 수 있었던 것 같아.』

"그렇구나… 다행이네~."

소라가 안심한 기색으로 미소 지었다.

나중에 녹화된 영상을 확인해 보니, 웃음을 흩뿌리는 소라와(그리고 무아지경으로 공을 던지는 나의 모습이) 완벽하게 찍혀있었다. 운영과 상담해서 굿즈로 만들까…. 그런 생각이 들 만큼 눈부신 미소였다.

'소라와 함께 있으면 갑작스러운 트러블도 즐거운 사고가 되어버린단 말이지.'

나는 안키모를 기쁜 듯이 어루만지는 소라를 흐뭇한 마음으로 지켜봤다.

×

소라의 덤벙대는 행동은 학교에서만 그치지 않습니다—.

어느 휴일 오후의 일이다.

스튜디오 촬영을 위해 이동하기 전, 나와 소라는 근처 공원에 들렀다.

우리의 목적은 스마트폰으로 즐길 수 있는 게임 앱이다.

공원 안을 돌아다니면서 게임에 등록된 스팟에 들러서 아이템을 입수… 그리고 출현하는 몬스터를 동료로 삼아 기른다.

이 게임에 빠진 나와 소라는 이렇게 시간이 나면 공원이나 신사나 역 앞에 들러서 경쟁하듯 몬스터를 모으고 있었다.

"희귀한 녀석, 얻었어~."

소라가 기쁜 듯 스마트폰 화면을 보여줬다.

나도 대답하듯이 내 스마트폰을 보여줬다.

"후후후, 나도 확실히 얻었다고."

나와 소라는 절친 사이지만, 이 게임에서는 라이벌이다.

서로의 특기 분야와 서툰 분야 같은 게 상관없는 게임이고, 플레이 시간도 거의 다르지 않아서 언제나 좋은 승부를 펼치고 있다.

"이 분수 앞은 여러 몬스터가 모이니까 좋네~."

"조만간 업데이트로 플레이어끼리의 대전 기능도 추가된다고 하니까, 지금 베스트 멤버를 모아둬야겠지."

"A짱한테는 안 질 거야~."

"그건 내가 할 말이야."

그렇게 여느 때처럼 노려보던 그때였다.

"앗, 검은 고양이다~!"

소라가 기뻐하며 공원과 인도를 나누는 산울타리를 가리켰다.

산울타리 안에서 검은 것이 고개를 빼꼼 내밀고 있었다.

"소라는 고양이를 정말 좋아하네."

"그렇다니까~. 어릴 때 집에서 잔뜩 길렀었고~."

소라의 마음속에서는 역시 게임보다 고양이인 모양이다.

"고양이를 귀여워하는 것도 좋지만, 언젠가 나도 고양이가 되고 싶어…."

"그 정도였나."

"A짱. 내가 고양이가 되는 동영상 기획 같은 거 안 할래? 버츄얼 기술을 써서 고양이 모습으로 변신해서, 전 세계의 도시를 돌아다니는… 그런 거. 물론 A짱은 나를 기르는 사육주고."

"나는 소라가 고양이가 돼도 보호자구나."

아무튼, 그 기획은 머리 한구석에 담아두자.

'소라에게 고양이 귀를 붙이는 동영상을 먼저 낼 것 같지만….'

그런 생각을 하는 사이에, 소라가 산울타리 쪽으로 다가갔다.

"할퀼 수도 있으니 조심해, 소라!"

"괜찮아~ 고양이와의 스킨십은 익숙하니까!"

소라가 산울타리 앞에 쪼그려 앉았다.

그러더니, 슬픈 표정으로 이쪽을 돌아봤다.

"A, A짱~…."

"왜 그래? 소라?!"

나는 황급히 달려갔다.

그리고 산울타리에서 고개를 내민 걸 목격하고 눈이 점으로 변했다.

그곳에 있던 건 검은 고양이…가 아니라, 검은 비닐봉지였다.

아마 누군가가 버린 거겠지.

대부분의 사람은 잘못 봤다는 걸 부끄러워하겠지만, 그대로 쇼크를 받는 게 정말 소라답다.

"으으으, 검은 고양이가 아니었어~."

소라는 검은 비닐봉지를 주워서 꽉 움켜쥐어 작게 만들고는, 근처에 있던 쓰레기통에 버리러 갔다.

'쇼크를 받았는데도 쓰레기는 제대로 버리러 가는 게 장하네….'

소라의 행동에는 절친인 나도 그저 감탄할 따름이다.

나는 그녀의 머리를 천천히 쓰다듬었다.

"옳지옳지. 나중에 커피 사줄 테니까. 달콤한 걸로."

"주문할 때 마법의 주문을 외워야만 하는 그거?!"

고개를 든 소라의 눈이 반짝반짝 빛나고 있었다.

"그건 소라 혼자서는 주문할 수 없을 테니까."

"그렇다니까…. 그러니까 주문하는 것도 부탁해!"

"그래그래."

우리는 공원을 나와서 커피 가게로 향했다.

'커피 가게도 게임 앱 스팟에 등록되어 있으니까, 몬스터도

아이템도 마음껏 모을 수 있단 말이지. 스튜디오 촬영 때까지 소라와 함께 한 번 더 모을까?'

발걸음도 자연스레 가벼워졌다.

휴일의 우리는 이런 식으로 게임도 좋아하는 평범한 여자아이다.

×

소라는 언제나 자연스럽게 지내지만, 자기 방에서는 더더욱 그래서—.

어느 날의 방과 후, 나는 소라의 방에 와 있었다.

지금부터 둘이서 함께 시험공부를 하는 흐름이다.

우리는 다리가 짧은 테이블을 사이에 두고 교과서와 노트를 펼쳤다.

"흐~응흐흐~응♪ 흐~응흐흐~응♪"

지금부터 시험공부를 하는데, 소라는 콧노래를 부르며 흥겨워하고 있다.

그도 그럴 것이, 소라는 스마트폰으로 음악을 들으면서 공부를 시작하려 하고 있었다.

그러자 내 시선을 알아챈 소라가 이어폰 한쪽을 내밀었다.

"A짱도 들을래?"

"아니, 나는 괜찮아…."

"그래? 음악은 역시 귀로 먼저 익혀야 해."

공부를 싫어하는 소라라도 음악에 관해서는 다르다.

좋아하는 곡은 더할 나위 없이 많이 듣고, 순식간에 기억한다.

"소라는 암기를 못하면서 가사는 잘 기억하네."

얼마나 못하냐면, 암기를 너무 못해서 안키모 이름의 유래가 됐을 정도다.

이 화제도 과연 언제까지 밈으로 써먹게 될지….

"멜로디가 흐르면 가사가 연상돼서 떠오르니까!"

"확실히 그것도 있긴 하겠지만… 가사에만 정신 팔지 말고 내일 시험 준비도 확실하게 해야지?"

"……."

소라가 아련한 시선을 보이며 얼버무리려 했다.

'저 수법, 자주 쓰네…. 나중에 잔뜩 추궁하자….'

자, 그럼. 나도 나대로 공부 전에 즐기는 시간이다.

편의점 봉지에서 찰떡 아이스를 꺼냈다.

바닐라 아이스크림을 얇은 떡으로 감싸서 마치 찰떡처럼 만든 대인기 상품.

커다란 사이즈로 두 개가 들어있는 것도 기쁘다.

나는 팩에 들어있는 포크로 첫 번째 떡을 먹기 시작했다.

'아아, 더운 계절이 아니어도 신기하게 맛있네. 이 쫀득쫀득한 떡의 식감, 부드러운 바닐라 맛 아이스크림, 전체적으로

아련하게 느껴지는 다정한 단맛…. 이런 걸 편의점에서 편하게 사서 맛볼 수 있다니, 정말 근사해!'

내가 그렇게 찰떡 아이스를 맛보고 있는데….

"빠~안…."

소라가 남은 하나를 잡아먹을 듯이 바라보고 있었다.

"A짱. 어느새 그런 걸…."

"학교에서 돌아오는 길에 둘이서 편의점에 들렀잖아."

"아이스크림이 눈에 들어오지 않았어~."

소라가 눈을 살짝 위로 치켜뜨며 졸랐다.

"A짱, 하나 줄래~?"

"안 줄 거야."

나는 즉시 거절했다.

왜냐하면 찰떡 아이스는 한 팩에 두 개밖에 들어있지 않기 때문이다.

그중 하나를 주는 건, 전체의 50퍼센트를 잃는다는 걸 의미한다.

'뭐, 여느 때의 나라면 줄 수 있었겠지만….'

오늘은 마침 주고 싶지 않은 이유가 있었다.

"A~짱~! A~짱~ 차암~!"

소라가 간드러진 목소리로 달라붙었다.

마구 들이대는 모습이 그야말로 고양이 그 자체다.

게다가 뒤에서 끌어안으며 뺨도 비비적거렸다.

"공부도 열심히 할 테니까~. 시험에서 좋은 점수 받을 테니까~."

"그럼, 소라는 내가 찰떡 아이스를 하나 받고 싶다면 줄 거야?"

"……."

소라는 시치미를 떼는 얼굴로 먼 곳을 바라봤다.

'나는 알고 있거든…. 소라가 『안 주는 파』라는 걸!'

애초에, 소라 자신이 직접 말해줬던 거다.

그걸 완전히 잊어버린 게 소라답다.

'그나저나, 자기가 『안 주는 파』인데도 불구하고 나한테는 태연하게 조른다니…. 소라, 무서운 아이!'

나는 하아, 하고 가벼운 한숨을 내쉬었다.

그리고 남은 찰떡 아이스를 포크에 꽂아서 소라에게 내밀었다.

"공부하기 전에 당분을 보급해야겠지."

"앗…. 고마워, A짱♪"

소라가 활짝 미소 지으면서 찰떡 아이스를 깨물었다.

"으~응, 행복해~♪"

"다 먹고나면 같이 시험공부 할 거야."

"눈! 열심히 할게~♪"

소라가 의욕을 내게 됐기에 시험공부를 시작했다.

'이건 내 작전대로 소라에게 의욕을 심어줄 수 있게 된 걸까, 아니면 소라의 작전대로 나한테서 찰떡 아이스를 받게 된

걸까….'

뭐, 자잘한 건 됐나.

그야, 나와 소라 사이니까.

×

소라는 요코하마 아레나에서 라이브를 하는 걸 목표로 삼고 매일 노력하고 있습니다.

그런 그녀는 노래뿐만 아니라 물론 댄스 연습도 하고 있는데—.

그날, 나는 내 방에서 컴퓨터를 노려보고 있었다.

오늘은 동영상 촬영이나 생방송 예정이 없다.

그럼 뭘 하느냐면, 내 컴퓨터로 MV… 뮤직비디오 편집을 하고 있었다. 소라의 노래나 댄스를 영상 효과로 채색해서 시각적으로도 즐길 수 있게 동영상으로 만드는 것을 담당하고 있다.

'흐~음. 여기서 소라의 역대 의상을 소개하고… 배경에는 자막을… 좋아. 나머지 작업은 내일 해도 괜찮겠어.'

편집 작업이 일단락되자, 내 스마트폰에서 알람이 울렸다.

스마트폰을 손에 들자, 소라에게서 라인 메시지가 와 있었다.

『MV 편집은 잘하고 있어~?』

나는 곧장 라인으로 답했다.

『이쪽은 순조로워. 소라 쪽은 어때?』

『우후후.』

뭔가 의미심장한 표정의 이모티콘이 날아왔다.

소라는 스튜디오에서 자주 훈련에 한창일 거다.

스튜디오가 비좁긴 하지만, 그래도 댄스 연습에 쓸 수 있을 정도로는 넓다. 노래를 커다란 음량으로 틀 수 있고, 카메라에 비치는 모습도 확인할 수 있고, 시끄럽게 해도 누구에게도 폐를 끼치지 않기에, 연습 장소로 쓰기에는 최적이다.

'자, 그럼. 소라는 뭘 꾸미고 있을까….'

스마트폰 화면을 들여다보자, 이번에는 짧은 동영상이 날아왔다.

『A짱, 보여~?』

동영상에 소라의 웃는 얼굴이 크게 비쳤다.

자기 스마트폰을 바닥에 놓고 셀카를 찍은 거겠지.

소라가 카메라에서 조금 떨어지자, 그녀의 레슨 복장이 비쳤다.

노래가 흐르기 시작한 동시에 소라도 춤추기 시작했다.

신곡용 안무를 막 연습하기 시작한 지라 어색함은 남아있지만, 스텝은 경쾌해 보여서 무척 보기 좋았다.

춤이 끝나자 소라가 손등으로 땀을 닦았다.

『꽤 좋아졌지?』

소라의 의기양양한 표정이 크게 비치는 것으로 동영상이 끝났다.

나는『제법이네.』라는 느낌의 이모티콘을 보냈다.

'제대로 노력하고 있는 모양인데, 잠깐 얼굴을 내밀러 가볼까?'

마침 MV 편집도 적당한 지점까지 진행된 참이다.

나는 재빨리 준비해서 자택을 나왔다.

자주적인 댄스 연습에 어지간히 집중하고 있는지, 스튜디오로 향하는 도중에는 소라가 라인을 보내지 않았다.

둘이서 함께 있으면 언제나 이야기가 과하게 열기를 띠거나, 그게 아니더라도 소라가 쓸데없이 찰싹 달라붙어서 산만해지는 경우가 많다.

때로는 서로 따로 활동하는 시간도 중요하다. 나도 소라가 집중할 수 있는 환경을 가장 우선시 하고 싶다.

그러는 사이, 스튜디오에 도착했다.

나는 스튜디오의 문을 천천히 열었다.

컴퓨터와 기재가 놓여있는 장소 정면… 언제나 동영상 촬영이나 생방송에 사용하는 공간에서 소라가 댄스 자주 연습에 몰두하고 있었다.

스마트폰에서는 연습 중인 신곡이 흐르고 있다.

정면 거울로 자기 모습을 확인하면서 이것도 아니다, 저것도 아니다 하며 시행착오를 반복하는 모양이다.

"소라…."

말을 걸어봤지만, 소라는 이쪽을 알아채지 못했다.

역시 대단한 집중력이다.

그런 그녀에게 말을 거는 것도 주저됐고… 아니, 나는 완전히 넋을 잃었다.

소라가 노력하는 모습을 볼 때마다, 나는 자신도 토키노 소라의 팬… 소라토모 중 한 명이라는 걸 실감한다. 꿈을 좇는 순수한 모습을 가까이에서 보다 보면, 그것만으로도 마음이 씻겨나가는 듯한 느낌이 든다.

누구나 어른이 되어가면서 어딘가에서 꿈을 단념하거나 타협하거나 한다. 고등학생인 나조차도 그런 걸 느낄 때가 있다. 적어도 지금의 나는 어린 시절에 꿈꿨던 공주님이나 마법사가 되려고 생각하지는 않는다.

그러나, 소라는 현재 진행형으로 향하고 있다.

수많은 사람들에게 웃음의 마법을 걸어주는 아이돌을 향해!

'힘내, 소라…!'

한동안 가만히 두자.

그렇게 생각한 내가 그 자리를 떠나려 할 때였다.

"우왓?!"

바닥에 떨어진 땀을 밟은 소라가 크게 균형을 잃었다.

"소라, 위험해!!"

나는 황급히 몸을 돌려서 넘어질 것 같은 소라의 몸을 받아줬다.

순정 만화에 나오는 꽃미남 캐릭터처럼 멋지게 할 리는 없었고, 나는 엉성한 자세로 반쯤 소라에게 깔려버렸다.

"소라, 괜찮아?!"

"으, 응…. 앗, A짱이다!"

소라는 마치 자신이 넘어진 것 자체를 잊어버린 듯이 나를 보더니 눈을 동그랗게 떴다.

우리는 서로의 몸을 부축하듯이 일어났다.

"A짱이야말로 괜찮아?"

"응. 괜찮아. 소라가 노력하고 있는 것 같아서 살펴보러 왔어."

"그랬구나~. 언제부터 보고 있었어?"

"소라가 넘어지기 조금 전부터. 늦지 않아서 정말 다행이네."

나는 타월을 들고 소라의 땀을 스윽 닦아줬다.

"부상은 정말로 조심해야 해. 소라의 꿈은 이제 소라만의 것이 아니니까."

"…응."

소라는 의외로 평소보다 진지한 표정으로 고개를 끄덕였다.

"고마워, A짱. 정말 조심할게."

"뭐, 뭐어… 주의해 준다면 좋지."

나는 당황하고 말았다.

최근의 소라라면 웃으면서 얼버무릴 줄 알았다.

그러나 실제로는 그런 분위기를 전혀 내지 않고 있다.

소라의 마음속에서는, 이미 아이돌이라는 자각이 존재하는 거겠지.

꿈을 향해 전력 질주하는 자신의 모습이 누군가에게 기운이나 용기를 준다는 걸 알고 있다. 좋아하는 노래를 마음껏 부르는 것만이 아니다…. 응원해 주는 사람들의 기대에 부응하고 싶다는 마음이 그녀의 안에서 확실하게 숨 쉬고 있다는 느낌이 들었다.

“A짱. 내가 넘어졌는데 조금 기쁜 표정이지 않아?”

“소라도 성장했구나~ 라고 생각하던 참이었어.”

“엑?! 무슨 소리?”

나는 의아한 표정을 짓는 소라의 어깨를 토닥토닥 두드렸다.

“자자. 조금만 더 힘내고, 둘이서 밥 먹으러 가자.”

“여, 열심히 할게!”

소라가 다시 스튜디오 거울과 마주했다.

나는 여느 때의 컴퓨터 앞에 앉아서, 노력하는 그녀의 모습을 지켜봤다.

소라의 자주 훈련이 끝난 뒤, 우리는 근처 패밀리 레스토랑으로 향했다.

동영상 촬영이나 생방송에 관한 회의, 혹은 약간의 뒤풀이를 위해 이렇게 둘이서 패밀리 레스토랑을 이용할 때가 많다.

“댄스 연습을 하고 나니까 굉장히 배가 고파졌어.”

소라 앞에는 그녀가 주문한 요리가 놓여있다.

버섯 베이컨 크림 파스타, 그리고 세트인 채소 샐러드.

식후에는 디저트로 아이스크림도 나올 예정.

나는 매운 찌개에 밥과 샐러드 세트다.

"A짱. 변함없이 매운 걸 먹네…."

소라가 어이없다는 표정으로 매운 찌개를 바라봤다.

참고로 소라는 매운 것에 강하지는 않지만 약하지도 않은 정도다.

"좋아하니까."

"혹시, 예전에 나왔던 격신 MAX END는 사실 A짱이 먹고 싶었던 걸 나한테 먹이려고 한 거 아냐?"

"그건 아니야…. 그보다, 먹고 싶었으면 그냥 내가 알아서 사서 먹었을 거야."

예전 몰래카메라 기획 이후, 소라는 결국 다시 페양구 야키소바 격신 MAX END를 동영상 기획으로 먹게 됐다.

물론 소라라면 괜찮다고 판단했다. 정말로 매운 게 안 되는 사람에게 격신 요리를 먹일 수는 없다. 하물며 소라는 노래를 특기로 하는 아이돌이니까 목이 상하는 음식은 논외다.

"샐러드에 있는 토마토, A짱한테 줄게."

소라가 토마토를 포크로 찍어서 나의 샐러드에 옮겼다.

마치 연결 동작처럼 무척이나 각 잡힌 움직임이었다.

"A짱은 채소를 좋아하니까."

"사뭇 당연한 듯이 말하면서 싫어하는 채소를 나한테 떠넘기지 마."

"떠, 떠넘긴 거 아니야아…."

눈이 대놓고 이리저리 움직이고 있다.

'모처럼 성장을 느꼈는데, 이러니까….'

가끔 고깃집에 갈 때도 언제나 이런 식이다.

자기는 고기만 먹고, 태연하게 채소를 떠넘긴다.

육식계 소라, 역시 무서운 아이!

'하지만 오늘은 벌을 좀 줘야겠어.'

나는 마음속으로 의미심장하게 웃고는, 넘겨받은 토마토를 젓가락으로 집었다.

"A, A짱…. 뭘 할 셈이야?!"

"어엿한 아이돌을 지향한다면, 채소 편식도 극복해야지."

"상관없어! 아이돌과 채소 편식은 상관없으니까!"

"채소도 먹어서 잘 안 다치는 몸을 만들어야지. 소라…. 자, 아~앙."

나는 소라의 입에 토마토를 집어넣으려고 시도했다.

소라는 댄스로 단련된 움직임으로 토마토를 필사적으로 회피했다.

우리의 별것 아닌 다툼은 한동안 이어졌다.

당신의 마음은…

「흐림 뒤 맑음!」

라이트노벨 출장판

홀로라이브 편

마린 메이드복의 버츄얼 메이드.
본인은 열심히 하지만
실수투성이인 덜렁이.

Twitter▶ @minatoaqua

YouTube 채널 ▶

소라토모 네임: 미나토 아쿠아

저는 애니에 나오는 여자아이를 좋아합니다. 최애가 나올 때마다 “히엑.”이라든가 “와아악?!” 하고 완전 흥분합니다. 역시 좀 위험하다고 생각하는데, 이 흥분을 억누르려면 어떻게 해야 좋을까요? 소라짱에게 이런 질문을 하는 건 곤란하지 않을까 싶었지만, 익명이라고 해서 상담합니다. 어? 익명이 아니라고…?

망했다＼(^o^)／

Answer

나는 그렇게 엄청 흥분한 적은 없지만, 그 마음이 이해될 것 같아…. 그야 귀엽고 좋아하는 여자아이를 보면 텐션이 올라가는 건 어쩔 수 없으니까~. 그래도 그날은 하루 종일 해피한 기분으로 보낼 수 있으니까, 흥분을 억누르지 않아도 된다고 생각합니다! 하지만 밖에서 그러면 다른 아이들이 “어… 아쿠아, 무슨 일이야?!” 하고 걱정할 수도 있으니까, 밖에 있을 때는 어디까지나 머릿속으로 생각만 하면 괜찮을 거야!

당신의 마음은…

「흐림 뒤 맑음!」

라이트노벨 출장판

홀로라이브 편

마법 학교에 출몰하는 어린이
…가 아니라 본인 왈, 어른(이라고 한다).
자칭 명문 출신이며 흑마술을
습득하고 있다(고 한다).

Twitter▶ @murasakishionch

YouTube 채널 ▶

소라토모 네임: 무라사키 시온

얼마 전에 호러 게임을 했는데, 생각했던 것과는 전혀 다른 호러 게임이어서 대폭소했습니다. 호러 게임을 좋아하는 소라 선배가 추천하는 게임이 있나요?

가르쳐주세요!

Answer

대폭소해버렸어?! 하지만 가끔 있지. 이거 분명 웃기려는 거다… 싶은 호러 게임. 그래도 마지막까지 무슨 일이 일어날지 모르는, 그런 점도 포함해서 호러 게임의 매력 중 하나라고 생각합니다! 그리고 추천하는 호러 게임은… 너무 많아서 정리하면 책 한 권은 써버릴지도 몰라~! 그런고로, 시온짱… 추천 호러 게임을 하는 날을 다음에 만들자. 하루 종일 확실하게 가르쳐줄 테니까♪

【4】VR 호러 게임
『유령관에서의 탈출』

…그건 어느 날의 생방송이 발단이었다.

"사연 코너입니다~!"

나는 여느 때처럼 스튜디오에서 생방송 기획을 진행하고 있었다.

소라토모들이 보낸 사연을 소개하는 코너는 심플하면서도 인기 있는 기획 중 하나다.

"사연의 테마는『좋아하는 것, 푹 빠진 것』입니다. 소라토모 여러분, 사연 많이 보내줘서 고마워~! 오늘도 시간이 허락하는 한, 최대한 많이 소개하려고 합니다."

A짱이 컴퓨터를 조작하자, 모니터에 첫 사연이 표시됐다.

"소라토모 네임『패미컴 아저씨』씨가 보내주신 사연입니다."

나는 첫 번째 사연을 읽기 시작했다.

"**『소라, A짱, 언제나 즐겁게 생방송을 보고 있습니다. 사연의 테마가《좋아하는 것, 푹 빠진 것》인데, 제가 지금 푹 빠진 것은 호러 게임입니다』.** …오오오~! 나랑 똑같네~!"

주변에 같은 취미를 가진 사람이 꽤 적은지라, 나는 그만 텐션이 올라가고 말았다.

"그래요! 토키노 소라는 호러 게임을 무척 좋아합니다!"

나는 카메라에 다가가서 힘차게 호소했다.

"호러 게임과 만난 건 사촌 언니가 가르쳐준 게 시작인데… 컴퓨터로 즐길 수 있는 무료 게임부터 시판 게임기로 즐길 수 있는 호러 게임까지, 그 뒤로 여러 게임을 플레이했어~♪"

지금까지 플레이한 호러 게임은 양손으로 셀 수 없다.

그것들 하나하나가 내게는 소중한 추억이다.

"수많은 호러 게임 중에는 재미있는 것도 많아서, 소라토모들에게 동영상 기획이나 생방송을 통해서도 좀 더 많이 소개하고 싶다고 생각하고 있었어! 그리고 아직 플레이하지 않은 게임도 도전해 보고 싶고…."

나는 카메라에 비치지 않은 절친에게 힐끔 시선을 보냈다.

"가능하다면, A짱이랑 같이 플레이하고 싶네~!"

"안 할 거야."

"에엑~?! 어째서?!"

"벌써 몇 번이나 했으니까."

나와 A짱이 둘이서 호러 게임을 플레이하는 기획은 우리 채널에서도 호평이 많은 기획이다.

기본적으로는 경험자인 내가 해설을 맡고 미경험자인 A짱이 게임을 공략하는 스타일로 하고 있다.

"몇 번이고 하자! 재미있는 호러 게임은 잔뜩 있으니까!"

"할 거라면 소라 혼자서 하면 되잖아? 나는 후방 작업이니까…."

"호러 게임은 많은 사람이 즐기면 더 재미있어. 하는 사람에 따라 플레이 방식도 스토리 해석도 달라지고, 게다가 리액션도 사람마다 다르고…. 그리고 그리고, 서로 감상을 이야기하는 것도 좋잖아!"

내가 한 말에 스스로 깊이 수긍했다.

그래도 A짱은 변함없이 내키지 않는 모습이다.

"아니…. 같이 플레이하는 건 내가 아니어도 되지 않을까?"

"에엑?! 나랑 같이 호러 게임 하자하자하자~!!"

"네. 다음 사연 부탁드립니다."

"슬쩍 흘려버리지 말고~! …어라? 운영한테서 뭔가 왔네?"

A짱과의 대화에 빠져있던 사이에 온 건지, 모니터에 운영이 보낸 메시지가 떠 있었다.

"엑?! 나한테는 안 보냈는데?!"

A짱이 믿을 수 없다는 듯이 나와 컴퓨터 화면을 교대로 쳐다봤다.

나는 받은 메시지를 읽었다.

"으음…. 『**사연 코너에 사연으로 보낸 건 아니지만, 많은 소라토모 분들이 비슷한 취지의 내용을 보내고 있습니다**』라는데!"

"그, 그건 대체 무슨…."

소라토모들이 보낸 사연 내용이 모니터에 수없이 표시됐다.

모두 A짱과 같이 호러 게임을 플레이했으면 좋겠다는 리퀘스트가 적혀있었다.

"오오~! 다들 A짱이 무서워하는 모습을 보고 싶대!"

"에에엑…. 이거 진짜야? 정말로 보내온 거야?"

A짱이 허둥대며 확인했다.

물론 보내온 메시지는 모두 진짜다.

"지, 진짜로 보내왔잖아…."

실제 메시지를 목격한 순간, A짱이 그 자리에서 무릎을 꿇었다.

"다들 이렇게나 내 비명을 듣고 싶어 하는 건가…."

"앗! 운영한테서 메시지가 또 하나 왔어!"

고개를 수그린 A짱을 일으켜 세운 뒤, 우리는 다시 운영이 보낸 메시지를 확인했다.

"**『안키모가 재미있어 보이는 호러 게임을 찾아줬으니, 소라 씨와 친구A 씨가 플레이하는 영상을 촬영하는 건 어떨까요?**』…라는데! 해냈네, A짱. 우리 둘이서 또 호러 게임을 하게 됐어!"

나는 기쁜 나머지 A짱의 팔을 끌어안았다.

A짱이 어색하게 쓴웃음을 지었다.

"아아, 응… 그러게… 하하하…."

"앗! 생방송을 보고 있는 소라토모들도 기대하는 것 같아!"

나는 코멘트 확인용 모니터를 가리켰다.

그곳에는 "호러 게임 플레이 영상, 기다리고 있었습니다!" "소라의 공략은 알기 쉬우니까 좋아." "허둥대는 A짱을 또 볼 수 있다니…." 등등, 소라토모들도 호의적인 코멘트를 보내오고 있었다.

'역시 다들 호러 게임을 좋아하는구나!'

나는 그게 기뻐서 그만 히죽히죽 웃고 말았다.

"자, 다음 기획도 정해졌으니까 사연 코너를 계속하자!"

"으으으…. 설마 이렇게 될 줄이야…."

A짱이 어깨를 떨군 채 컴퓨터 앞으로 돌아갔다.

나는 의기양양하게 사연 코너를 진행했다.

×

다음 주, 나와 A짱은 스튜디오에 모였다.

물론 호러 게임 플레이 동영상을 촬영하기 위해서다.

나는 이미 여느 때의 의상으로 갈아입고 준비 만전.

A짱은 태블릿을 들지 않고 빈손으로 나와 함께 카메라 앞으로 나왔다.

그럼 누가 대신 촬영 진행을 맡고 있느냐면, 놀랍게도 안키모가 담당하고 있다.

물론 안키모의 몸으로는 컴퓨터에 손이 닿지 않기에, 특별히 패밀리 레스토랑에서 아기를 앉히기 위해 준비해주는 좌면이 높은 의자에 앉아있다.

『두 사람 다 준비 됐어?』

"오~!"

나는 기운차게 오른 주먹을 천장을 향해 들어 올렸다.

한편, A짱은 스튜디오에 들어왔을 때부터 고개를 수그리고 있고, 트레이드마크인 파란 리본마저 축 처진 것처럼 보인다.

무서운 걸 조금이라도 멀리하고 싶다는 마음의 표현인지, 셔츠에는『악령퇴산』이라는 글자가 훌륭한 붓글씨로 프린트되어 있었다.

"오, 오오…."

"A짱. 텐션 너무 낮지 않아?"

"호러 게임을 할 때의 텐션은 보통 이 정도일 거야…."

"신작 호러 게임을 플레이하는 거잖아. 텐션이 마구 올라가는걸!"

플레이한 적 없는 호러 게임을… 게다가 절친인 A짱과 같이 플레이하는 일은 거의 없다.

솔직히, 나는 오늘 아침부터 계속 두근두근 콩닥콩닥 상태였다.

『두 사람은 신작 호러 게임, 【유령관에서의 탈출】을 플레이하게 될 거야.』

안키모가 지금부터 플레이할 게임 설명을 시작했다.

『이건 컴퓨터나 게임기로 플레이하는 게 아니라, 게임 세계를 리얼하게 탐색할 수 있는 VR 호러 게임이야. 두 사람은 처음 하는 경험이 되겠지만, 내가 확실히 사전 답사했으니까 안심해.』

"언제나 고마워, 안키모♪"

우리를 깜짝 놀라게 해주기 위해서 안키모가 밤중에 몰래 게임 사전 답사를 한 모양이다. 이번 제안도 훌륭한 서프라이즈였어, 안키모!

『나는 게임 밖에서 목소리로 서포트할게. 만약 게임 공략이 곤란할 때는 나한테 질문해 주면 대답할 수 있으니까.』

"눈눈. 안키모를 의지할게."

"아~ 정말로 시작하는 건가~."

A짱이 점점 우울해졌다.

나는 릴랙스하게 해주려고, 그녀의 어깨를 가볍게 토닥토닥 두드렸다.

"괜찮아. 분명 재미있을 테니까."

"재미있어도 무서운 건 안 된다니까!"

"내가 확실하게 서포트할 테니까, 큰 배에 탄 것처럼 안심하면 돼!"

"그 배, 타이타닉은 아니겠지?"

그런 이야기를 하는 사이, 안키모가 부드러워 보이는 손으로 컴퓨터를 조작했다.

『그럼 다녀와~!』

우리는 익숙한 스튜디오에서 모르는 곳으로 이동했다.

눈앞에 나타난 건 섬뜩한 분위기의 서양 저택이다.

긴 세월 방치된 거겠지…. 지붕이나 유리창에는 금이 가 있고, 더러워진 벽에는 식물 덩굴이 휘감겨 있다. 앞뜰에 있는 화단에는 메마른 흙더미가 깔려있을 뿐. 나무도 완전히 말라 비틀어졌다. 예전에는 아름다운 경치였을지도 모르지만, 지금은 이미 그 흔적도 없다.

하늘에는 당장 비를 내릴 듯한 먹구름이 깔렸고, 어딘가에서 꺼림칙한 까마귀 울음소리가 들린다.

정면에는 쌍여닫이문이 우리를 기다리고 있었다.

"여기가 유령관인가아…. 호러 게임이라면 서양 저택이 정석이지."

"소라는 기운차서 좋겠네에…."

"지금부터 저 안을 탐색한다고 생각하니 두근두근해~."

"굳이 탐색하지 말고 이대로 돌아가면 안 될까?"

살펴보니, 서양 저택 주변은 돌로 만든 벽으로 둘러싸여 있고, 그 중간에 철창으로 만든 문이 붙어있었다.

시험 삼아 다가가봤지만, 보이지 않는 벽에 막혀서 문밖으로 나갈 수 없었다. 몸은 움직이는데 앞으로 나아가지 못하는 상태라, 흡사 러닝머신 위를 달리는 것 같았다.

A짱은 영문도 모른 채 그 자리에서 계속 발을 옮기고 있다.

멈추지 않고 계속 움직이고 있는 걸 보면 꽤 혼란에 빠진 모양이다.

“엑?! 이거 어떻게 된 거야?!”

“그곳에 보이지 않는 벽이 있는 것 같아.”

“어째서?!”

“분명~ 게임을 클리어해서 탈출 플래그를 세우지 않으면 나가지 못하는 거야. 갈 수 있을 것 같지만 못 가거나 만질 수 있어 보이지만 못 만지는 건 게임에서는 자주 있는 일이니까.”

“게임 시스템이란 건가…. 이건 전진할 수밖에 없겠네….”

“응응. 각오를 다지고, 지금 돌입!”

고개를 풀썩 수그린 A짱의 손을 잡고, 우리는 서양 저택에 발을 들였다.

그 순간, 통과한 문이 삐걱거리는 소리를 내며 닫혔다.

“무, 문이 멋대로 닫혔어?!”

A짱이 황급히 문을 열려고 했다.

그러나 문은 마치 용접된 것처럼 꿈쩍도 하지 않았다.

“문은 닫히는 법이니까~. 그것도 클리어하기 전까지는 안 열려.”

“그, 그럼 옆쪽 창문은….”

A짱은 포기하지 않고 창문을 열려고 했다.

아니나 다를까, 창문도 붙박이창처럼 움직이지 않았다.

“이게 무리라면 창문을 깨서라도….”

“그건 그만두는 편이 좋아, A짱. 호러 게임의 창문은 깨지지 않을 만큼 튼튼한 게 보통이고, 설령 창문을 통해 억지로 밖으로 나가더라도 수수께끼를 끝까지 풀지 않으면 원래 장소로 돌아가거나, 무한 루프에 빠져서 똑같은 곳을 헤매게 되거든. 그 밖에 원래 세계와는 다른 차원으로 떨어지기도 하고—.”

“소라는 호러 게임 관련으로는 갑자기 말이 많아지네.”

“그야, 좋아하는걸~♪”

나는 다시 한번 주변을 빙글 돌아봤다.

정면 문을 통해 들어온 곳은 넓은 현관이었다.

바닥에는 융단이 깔려있지만, 마모된 데다 먼지투성이다. 벽지는 곳곳이 벗겨졌고, 머리 위에 있는 샹들리에는 녹슬었다. 그리고 한쪽 구석에는 낡은 맹꽁이자물쇠가 걸린 철문이 있었다.

벽에는 수많은 촛대가 걸려있고, 그중 몇 군데의 양초에는 불이 켜져 있다. 사람이 없는 서양 저택인데 불빛이 있는 건, 사실 누가 살고 있는 걸까. 아니면 사람이 아닌 누군가의 짓인 걸까….

정면 문이 있는 방향을 남쪽이라고 쳤을 때, 현관 동서쪽으로 복도가 뻗어있고 각각 방이 몇 개 있는 서관과 동관으로 이어지는 모양이다.

“삐익?!”

A짱이 갑자기 작은 새처럼 비명을 질렀다.

'갑자기 뭐야?!'

황급히 돌아보자, A짱이 바닥에 주저앉아 있었다.

"소, 소라! 눈앞에 갑자기 유령이!"

A짱이 허둥지둥 공중을 가리켰다.

확실히, 우리 앞에 반투명하고 네모난 물체가 둥실둥실 떠 있긴 하지만….

"A짱, 그건 메시지 창이야."

"어? 그래? 아, 아하하…."

긴장이 풀린 A짱이 메마른 미소를 지었다.

A짱에게 손을 내밀어서 일으켜 세운 뒤, 우리는 메시지 창에 표시된 문장을 읽었다.

『당신들이 저택에 발을 들이자, 유일한 탈출로인 문이 봉쇄됐다. 당신들이 탈출하려면 이 저택에 숨어있는 유령을 퇴치하는 수밖에 없다. 그렇지 않으면, 당신들은 저택의 새로운 주민이 되어버릴 것이다….』

다 읽은 동시에 메시지 창이 닫혔다.

"그렇구나~. 유령을 퇴치하고 탈출하는 스토리구나. 재미있어 보이네~."

"그 그런가아…? 휴히익?!"

A짱이 다시 엉뚱한 비명을 질렀다.

아까 메시지 창과는 다른, 이번에도 반투명하고 네모난 게 둥실둥실 공중에 떠 있었다.

바라보니 『아이템』, 『세이브』, 『헬프』 같은 항목이 놓여있다.
“그거 메뉴 화면인데? A짱도 참 덤벙대네~.”
“아~ 정말…. 난 여기서 안 움직이고 있으면 안 돼?”
“안~돼! 자, 유령을 해치우러 가자!”
그때, A짱이 걸어가려던 내 옷자락을 붙잡았다.
“나, 눈 감아도 돼? 소라의 옷을 잡고 있을 테니까.”
“그럼 호러 게임을 만끽할 수 없잖아?”
“마, 만끽하고 싶지 않아아….”
그 후, 우리는 황량한 서양 저택을 탐색하기 시작했다.
호러 게임 공략의 기본은, 아무튼 조사하는 거다.
방을 하나씩 돌면서 테이블 위에 놓여있는 거라든가 뭔가 있어 보이는 옷장 안 같은 곳을 샅샅이 체크한다.
탐색 중에는 부자연스러운 타이밍에 꽃병이 쓰러지거나, 액자가 떨어지거나, 식기가 깨지는… 그런 사고가 일어났다.
그때마다 절규하는 A짱을 격려하면서 탐색을 이어가자, 그야말로 키 아이템으로 보이는 『찢어진 메모』를 입수했다. 찢어진 메모는 아이템이 되어 메뉴 화면에 수납됐다.
그리고 서관에서 마지막 방을 탐색할 때.
“왜 이렇게 이상한 타이밍에 물건이 잔뜩 떨어지는 거야아….”
방 안을 조사하면서 A짱이 녹초가 된 기색으로 말했다.
아까부터 물건이 떨어지는 소리에 놀라고만 있어서, 이미 헤실거리고 있다.

"정말 심장에 안 좋은데…."

"자자, 물건은 떨어지는 법이니까."

"그리고, 이건 소박한 의문인데…. 곰인형, 많지 않아?"

"아하하. 이건 호러 게임에서는 흔한 일이야~."

곰인형이라든가, 장미가 꽂힌 꽃병이라든가, 수수께끼의 그림이라든가, 서양풍 세계관 호러 게임에서는 확실히 자주 보인다.

똑같은 종류의 물건이 다른 방에 수없이 놓여있는 것도 일상다반사다.

호러 게임 제작자도 서양 저택 같은 분위기를 내는 데 고생하는 거겠지.

'응응. 이런 뒷사정이 느껴지는 것도 재미있는 부분이지….'

내가 호러 게임의 심오함에 잠겨있던 그때.

"오… 이건?"

찬장에 쏙 들어가 있던 낡은 금고를 발견했다.

강철제 금고는 네 자릿수의 다이얼 자물쇠로 잠겨있었다.

"A짱, 이건…."

"아~앗! 아까 찾았던 그건가?"

A짱이 (이번에는 놀라지 않고)메뉴 화면을 열었다.

아이템 항목에서 『찢어진 메모』를 선택하자, 그녀의 손에 메모가 나타났다.

A짱이 그 메모를 빤~히 관찰했다.

"이 메모에 적혀있는 숫자는 1, 2… 근데 다음 숫자가 찢어졌어. 뒷면에는 아무것도 적혀있지 않은 것 같아."

"다음 숫자의 힌트, 어딘가에 없었으려나…."

나는 지금까지 조사해온 것을 돌이켜봤다.

"그러고 보니, 식당에 놓여있던 생일 파티 초대장에 『딸의 생일은 이달 19일입니다』라고 적혀있었지?"

"소라, 그거 아닐까?! 그 딸의 생일이 실은 12월 19일이어서 1219. 딸의 생일을 금고 번호로 하는 거, 그야말로 그럴싸하잖아!"

"좋아, 시험해 볼게…."

나는 금고의 다이얼 자물쇠에 『1219』를 세팅했다.

그러자, 찰칵 소리를 내며 낡은 금고가 열렸다.

우리는 "해냈어!" 하고 하이파이브했다.

금고 안에는 역시나 낡은 열쇠가 들어있었다.

그것도 레트로한 자물쇠에 꽂는 막대기 모양 열쇠다.

내가 낡은 열쇠를 손에 들자, 『지하 1층 열쇠를 손에 넣었다!』라는 메시지 창이 표시됐다. 그리고 낡은 열쇠는 아이템으로 변해서 찢어진 메모와 함께 메뉴 화면에 수납됐다.

"에~엑?! 지하라니, 분명 위험한 곳이잖아~!!"

A짱이 고민된다는 듯 머리를 감싸 쥐었다.

나는 문득 열쇠를 쓸 수 있는 곳을 떠올렸다.

"확실히, 현관홀 구석에 낡아 보이는 자물쇠가 걸린 문이 있었지? 그곳이 지하로 가는 입구일지도 모르니까, 얼른 가볼까?"

"무~리~! 가고 싶지 않~아!"

"A짱. 떼쓰는 게 아기 같아."

"아, 아기라는 말은 역시 좀 부끄러운데… 흐이이이이이익?!"

A짱이 돌아보자마자 깜짝 놀라 비명을 질렀다.

나도 황급히 그쪽을 보자, 10대 전반으로 보이는 서양 옷을 입은 소녀가 어느새 나타나, 복도로 나가는 문을 가로막듯이 서 있었다.

소녀의 몸은 반투명해서, 뒤쪽 벽과 문이 비쳐 보였다.

얼굴이 가려져서 보이지 않을 만큼 앞머리를 길게 길렀고, 온몸에서 덧없고 슬픈 분위기를 내고 있었다.

"유령! 소라, 유령이 나왔어!"

"정말이네! 유령 씨, 안녕~♪"

"뭘 느긋하게 인사하고 있어?!"

A짱이 어서 도망치자는 듯이 소매를 잡아당겼다.

나는 그렇게 무서워하는 그녀의 머리를 토닥토닥 달랬다.

"A짱, 그렇게 무서워하지 않아도 괜찮아. 이런 여자아이 유령은 악령이 아니라 실은 진범한테 살해당한 피해자일 수도 있거든. 무서워하지 말고 귀를 기울이면 의외로 공략의 힌트를 가르쳐 주거나… 앗!"

어느새 소녀 유령이 사라졌다.

"조, 좋은 말을 하나도 듣지 못했어…."

"나는 안심했어…. 나쁜 일이 일어나지 않아서 다행이야."

소녀 유령은 뭘 전하려 했는가, 애초에 누구인가….

우리는 새로운 수수께끼를 가슴에 품고 현관으로 돌아왔다.

예기치 못한 사고가 일어난 건, 지하로 가는 입구를 찾아보려고 현관을 걷던 그 순간이었다.

—삐걱삐걱삐걱삐걱!!

머리 위에서 불길한 소리가 들리더니, 녹슨 샹들리에가 우리를 향해 떨어졌다.

"A짱, 위험해!!"

"소, 소라?!"

나는 A짱에게 뛰어들어서 어떻게든 둘이 함께 피하려고 했지만… 결국 우리는 샹들리에 밑에 깔려버렸다.

『게임 오버』

깜깜해진 우리 시야에 새빨간 글자가 떠올랐다.

『…그런고로, 두 사람을 세이브 포인트에서 부활시켰어!』

어딘가에서 안키모의 목소리가 들려왔다.

깜깜해진 시야가 원래대로 돌아오자, 우리는 현관에 들어오기 직전 복도로 돌아와 있었다.

아무래도 체크포인트에서 자동으로 세이브된 모양이다.

몇 번이고 게임 오버 되기도 하는 호러 게임에서, 오토 세이브는 우리 플레이어에게 매우 큰 도움이 되는 시스템이다.

"고마워, 안키모~. 다음에도 힘낼게~."

어디서 보고 있는지는 모르지만, 나는 일단 손을 흔들었다.

"저, 정! 말로 심장이 멎는 줄 알았어…."

옆에서는 A짱이 자기 가슴을 손으로 누르고 있었다.

나는 새파래진 그녀의 등을 쓸어줬다.

"설마 돌아온 타이밍에 작동하는 함정일 줄은 몰랐네."

"왜 함정에 걸렸는데 살짝 기뻐 보이는 거야…."

"호러 게임 제작자가 열심히 만든 함정인걸. 최대한 많이 찾아서, 확실하게 걸리고 싶잖아?"

"보고 싶은 마음은 이해하지만, 체감형 게임에서까지 할 용기는…."

"아까는 허둥대서 잘 안 보였는데, 이번에 한 번 더 걸려볼래?"

"용서해주세요."

이번에는 샹들리에 함정이 작동하지 않게 벽 쪽으로 이동한 우리는, 현관 구석에 있는 철문 앞에 도착했다.

철문은 방화벽을 방불케 하는 튼튼한 구조로, 걸려있는 맹꽁이자물쇠도 낡은 디자인이지만 튼튼해 보였다.

나는 메뉴 화면에서 『지하 1층 열쇠』를 불러내서, 철문에 걸린 맹꽁이자물쇠에 꽂고 돌렸다.

그러자 확실한 느낌과 함께 맹꽁이자물쇠가 풀렸다.

"해냈어! 역시 여기가 지하로 가는 입구였구나!"

"아아아…. 열려버렸어어…."

"A짱. 앞으로 나아가고 있는데 왜 유감스러워하는 거야?"

철문을 열어젖히고 눈앞에 나타난 차가운 돌계단을 내려갔다.

돌계단을 내려간 곳은 거의 새까만 복도였다.

복도는 벽에 램프가 드문드문 있을 뿐이어서 거의 몇 미터 앞까지밖에 볼 수 없었다. 공기는 축축한 데다 쌀쌀하고, 아래에 깔린 판석에는 이끼가 나 있다.

"와~ 깜깜해!"

"무리무리무리! 시야가 제한된다니 정말로 무리야!"

A짱은 허리에 힘이 빠졌는지, 계단을 내려선 지점부터 움직이지 못하게 됐다.

나는 여기서도 그녀의 손을 잡고 나아가기로 했다.

"자, A짱! 지하도 탐색하자~! 탐색이다♪ 탐색이다♪"

"소라, 기운차네…."

어이없어하는 A짱을 당기면서 앞이 보이지 않는 복도를 나아갔다.

복도 좌우에는 문이 일정 간격으로 있어서, 아무래도 방이 많이 있다는 걸 알 수 있었다.

게다가 복도 막다른 곳에 도착하자, 무척이나 튼튼해 보이는 철창이 나타났다. 철창은 여닫을 수 있는 구조였지만, 두꺼운 사슬에 묶여서 봉쇄되어 있다. 게다가 철창 너머에는 광원이 없어서 안쪽의 상황을 전혀 알 수 없었다.

"으~음…. 사슬을 어떻게 하지 않으면 이 이상 나아갈 수 없는 것 같아."

"아아아, 막다른 곳까지 오니까 돌아보는 게 무서워…."

소녀 유령을 만나고 나서 A짱은 더더욱 경계하고 있다.

내가 먼저 몸을 돌려서 안전을 확인했다.

"여자아이 유령은 없는 것 같아. 하지만 아까부터 누군가의 발소리와 금속을 질질 끄는 듯한 소리가 어딘가에서 들리던데…."

"안 들리는 척하고 있었는데 말하지 마~!"

"으~음…. 일단 여기는 나중에 다시 올까."

우리는 복도를 되돌아가면서, 도중에 발견한 문을 하나씩 조사하기로 했다.

자물쇠가 걸려 있어서 나중으로 미루거나 그냥 빈방인 경우가 몇 군데 있기도 했지만, 서고였던 방에서 새로운 발견이 있었다.

"소라, 봐봐. 이거!"

A짱이 책장에서 두꺼운 책 한 권을 꺼냈다.

책장에는 많은 책이 들어있었지만, 이른바 게임의 사정으로 인해 대부분의 책은 그 자리에 고정되어 있다. 그래서 책장에서 꺼낼 수 있는 것만으로도 중요한 아이템이라는 걸 알 수 있었다.

"이 책만 아련하게 빛나고 있어서 뭔가 했는데…."

"좋아. 바로 읽어 보자!"

우리는 가까이 있는 테이블에 두꺼운 책을 올려놨다.

표지를 연 순간, 페이지가 팔랑팔랑 자동으로 넘어가기 시작했다. 그리고 신문 기사가 붙은 페이지에서 우뚝 멈췄다.

"이건… 스크랩북 같네."

붙어있는 신문 기사에 따르면, 이 서양 저택에서는 10년 전에 일가 동반 자살 사건이 일어났던 모양이다.

아버지가 장작 패기용 도끼로 가족을 차례차례 살해했다고….

그중에서도 외동딸은, 보기만 해도 처참한 모습이었다고 한다.

A짱이 부르르 떨면서 자기 몸을 끌어안았다.

"그 일가 동반 자살을 일으킨 아버지가 여기를 유령관으로 만든 범인이라는 걸까…."

"그럴싸하네~."

신문 기사를 다 읽자, 다시 책의 페이지가 넘어가기 시작했다.

새로운 페이지에 들어있던 건, 신문 기사가 아니라 작은 열쇠.

"또 새로운 열쇠네…."

내가 작은 열쇠를 손가락으로 들자, 『용구실 열쇠를 손에 넣었다!』라는 메시지 창이 표시됐다.

용구실 열쇠는 아이템으로 변해서 메뉴 화면에 수납됐다.

"좋아. 다음은 용구실을 찾아보자."

"왠지 우리, 기본적으로 열쇠를 찾기만 하는 것 같네…."

"호러 게임에서는 흔한 일이야. 새로운 열쇠를 입수하면 지금까지 가지 못했던 곳을 나아갈 수 있게 되고, 플레이어의 행동 범위가 넓어지니까…. 으~음, 두근두근하네! 이것이 바로 탐색계 호러 게임의 묘미지♪"

"그렇군요…."

우리는 활기차게 이야기를 나누면서 창고에서 복도로 나왔다.

잠긴 문에 열쇠를 닥치는 대로 시험해 보려고 했는데, 운 좋게도 창고 옆에 있는 문을 열 수 있었다.

"여기가 용구실… 녹내가 대단하네."

자물쇠를 열고 방으로 들어가자마자 나도 모르게 손바닥으로 코와 입을 가렸다.

용구실이라고 한 만큼, 방 안에는 농기구나 공구가 많이 방치되어 있었다. 그러나 모두 녹슬어서 너덜너덜했고, 손에 잡자마자 부서지고 말았다. 아무래도 아이템으로 입수하지는 못하는 모양이다.

"그럼… 진짜는 저거려나."

나는 방구석에 멀뚱히 놓인 로커를 바라봤다.

A짱이 의심스러운 기색으로 눈을 가늘게 떴다.

"시체 같은 게 들어있으면 어쩌지?"

"그건 무섭네~."

“소라, 진심으로 무서운 거 맞아? 애초에 소라한테 무서운 게 있어?”

“나, 나도 무서운 건 있어~!”

내가 진지하게 주장하자, A짱이 게슴츠레한 눈으로 바라봤다.

나는 뺨을 부풀리며 반론했다.

“나는 한참 전부터 호러 게임을 해왔는데, 처음 시작했을 때는 정말 무서워서 절규한 적도 자주 있었거든.”

“그랬어?”

“그래도 호러 게임은 스토리가 정말로 잘 만들어져 있고, 수수께끼 풀이도 많으니까 머리를 쓰게 되잖아? 게다가 겁을 주기 위한 기믹이라든가 꺼림칙한 느낌을 주는 그래픽을 만드는 방식에도 감탄하게 되고…. 그런 걸 즐기다 보니 어느새 깜짝 놀라게 만드는 연출에 내성이 붙어버렸어.”

그래서 꽃병이 갑자기 쓰러진다거나 좀비가 튀쳐나오는 건 괜찮지만, 이른바 재패니즈 호러 같은 것… 생각하면 할수록 무서워지는 타입의 작품에는 여전히 내성이 없다.

“…그러니까, 나한테도 무서운 건 당연히 있어!”

“흐~응.”

“A짱, 그 얼굴, 안 믿는 거지!”

석연치 않은 마음이었지만, 나는 로커의 문을 열었다.

그러자 그 순간, 안에서 금속질의 막대기가 땡그랑 소리를 내며 떨어졌다.

"으힉?!"

"A짱, 시체가 아니었으니까 안 놀라도 되거든?"

"소라는 내가 무슨 서비스 제공 같은 느낌으로 놀라고 있다고 생각하는 거야?!"

"A짱은 눈치가 빠르니까~. …근데, 이건 뭘까?"

내가 금속 막대기를 집어 들자, 『소라는 쇠지레 같은 것을 장비했다』라는 메시지 창이 표시됐다.

금속 막대기의 길이는 50센티미터 정도. 끝은 90도 정도 구부러져 있고, 그 끝은 두 갈래로 작게 나뉘어 있다.

"이게 TV 뉴스에서 자주 나오는 쇠지레 같은 것…."

"어디까지나 『쇠지레』라고는 안 부르는구나."

나는 "어째서지…?"라는 표정을 짓는 A짱에게 이제 막 장비한 쇠지레 같은 것을 내밀었다.

그러자, 이번에는 『친구A는 쇠지레 같은 것을 장비했다』라는 메시지 창이 표시됐다.

"엑?! 왜 나한테 장비시키는 거야?!"

"무기를 입수했다는 건, 전투가 있을지도 모른다는 거니까."

"안 되거든! 나, 못 싸워!"

"호러 게임의 주인공은 무척 강한 게 정석이니까, 평소에는 약해빠진 A짱이라도 분명 싸울 수 있을 거야~."

액션계 호러 게임에서 주인공이 싸우는 건 정평이 난 전개다. 샷건이나 전기톱을 휘두르면서 명백하게 자기보다 강한 괴물을 퇴치하는 경우도 많다. 어쩌면 우리도 이 게임 안에서라면 초인적인 힘을 발휘할지도….

"뭐, 초차원 테니스 때는 확실히 강해지긴 했지만…."

A짱이 쇠지레 같은 것을 휘둘러봤다.

아무리 봐도 허리를 뒤로 빼고 있는 모습에서는 강해진 건지 잘 알 수 없었다.

"소라. 왠지 강해졌다는 느낌이 안 드는데…."

"해보지 않으면 모르잖아! 눈!"

"정말인가아…?"

우리는 용구실을 나와서 복도 막다른 곳에 있는 철창으로 돌아왔다.

철창은 변함없이 두꺼운 사슬로 완벽하게 봉쇄되어 있다.

"어쩌면, 여기에 쇠지레 같은 것을 쓸 수 있을지도! A짱, 부탁해!"

"이 사슬 말이지? 조, 좋아…."

A짱이 쇠지레 같은 것을 들어 올렸다.

'그러고 보니, 복도에 오고 나서부터 들리던 발소리와 금속 끄는 소리가, 어느새 들리지 않게 됐네….'

내가 문득 신경 쓰여서 돌아보자….

"죽… 침입자…는… 죽…이……."

놀랍게도 신장 2미터가 넘는 거한이 바로 뒤에서 도끼를 들고 있었다.

피투성이인 얼굴에 핏발선 눈이 번쩍번쩍 빛나고 있다.

A짱은 마치 일본도를 든 사무라이처럼 엄청난 집중력으로 철장의 사슬을 조준하고 있느라, 나보다 조금 늦게 겨우 이변을 알아챘다.

"소라? 왜 그래… 으갸아아아아아아아아악?!"

돌아본 A짱이 귀청을 찢는 비명을 내질렀다.

너무나도 강렬한 비명이어서 반대로 거한이 움찔거린 것처럼 보였다.

그 순간의 빈틈을 찔러서 A짱이 쇠지레 같은 것을 휘둘렀다.

"죄송합니다! 죄송합니다! 죄송합니다!"

사과하면서 휘두른 쇠지레 같은 것이 우연히 거한의 안면에 명중했다.

그러나 거한은 전혀 움츠러든 기색 없이 도끼를 휘둘렀다.

"하아앙?!"

A짱은 정수리에 일격을 맞았고, 도끼에 얻어맞은 것치고는 아프지 않은 듯한 비명을 질렀다.

철창을 등진 채 의식을 잃고 차가운 바닥에 헤실헤실 힘없이 쓰러졌다.

손에 쥐고 있던 쇠지레 같은 것이 땡그랑 소리를 내며 바닥에 떨어졌다.

"A, A짱, 정신 차려!"

나는 A짱에게 달려가서 곧바로 쇠지레 같은 걸 주웠다.

그리고 거한이 다시 휘두르려던 도끼를 방어하려고 했지만, 놀랍게도 도끼는 쇠지레 같은 것을 스르륵 통과해서 내 머리에 명중했다.

'쇠지레 같은 것에 타격 판정이 없어?!'

충격과 함께, 내 눈앞이 깜깜해졌다.

그리고, 샹들리에 때도 봤던『게임 오버』글자가 시야에 떠올랐다.

『이번에도 세이브 포인트에서 부활시켰어!』

안키모의 목소리가 들린 동시에 시야가 원래대로 돌아왔다.

우리는 용구실 안으로 돌아와 있었다.

"쇠지레 같은 것, 전혀 안 통했잖아!!"

A짱이 의식을 되찾은 동시에 한탄하며 절규했다.

"전투 이벤트가 아니라, 술래잡기 이벤트였던 것 같아."

나는 바닥에 떨어진 쇠지레 같은 것을 주웠다.

이 쇠지레 같은 것으로는 거한에게 대미지를 줄 수 없고, 도끼 공격으로부터 몸을 지키려고 해도 통과된다. 어디까지나 스토리를 진행하기 위한 아이템에 불과한 모양이다.

'그렇다면, 이 호러 게임은 주인공이 악령을 마구마구 때려잡는 타입이 아니란 거네….'

그걸 알았으니, 지금부터는 이제까지 이상으로 신중한 행동이 요구된다.

"그 거한은 역시 아까 봤던 일가 동반 자살을 일으킨 아버지…의 유령이겠네."

"우리를 죽일 생각이 넘쳐났잖아! 그것한테서 도망쳐야 해?"

"원래는 1층까지 도망치고 싶지만… 조금 무리일지도."

나는 불길한 예감을 느끼면서 A짱과 함께 용구실을 나왔다.

아까와는 반대로 현관으로 돌아가려 했지만, 돌계단을 올라간 곳에 있는 철문의 문고리가 파괴되어 있었다.

우리는 쇠지레 같은 걸로 두드리거나 지레의 원리를 써서 억지로 열어보려고 했지만, 문고리가 부서진 철문은 꿈쩍도 하지 않았다.

A짱이 피곤한 표정으로 고개를 수그렸다.

"이거 완전히 그 거한의 짓이잖아?!"

"으~음. 단순히 달려서 도망치는 것만으로는 안 되는 것 같아. 지하 1층의 어딘가에 숨어서 거한을 따돌리지 않으면 안 될지도…."

지하 1층에서 벗어나고 싶지만, 탈출구가 미리 파괴당했으니까 어쩔 수 없다.

우리는 돌계단을 내려가서 다시 복도 막다른 곳으로 향했다.

거한의 발소리와 도끼 끄는 소리는 들리지 않는다.

조금 전에도 느꼈던 묘한 정적은 역시 폭풍 전의 고요함이라고 할만한 습격 플래그였겠지.

철창 앞으로 돌아온 우리는 심호흡했다.

"아마 사슬을 파괴하려고 하기 전까지는 이벤트가 일어나지 않을 테니까 안심해."

"소라가 항상 냉정해서 믿음직하네. 하하하…."

A짱이 메마른 미소를 지었다.

나는 "눈!" 하고 기합을 넣은 뒤 쇠지레 같은 걸 들었다.

그 순간, 조금 전 거한의 기척을 등 뒤에서 느낀 우리는 좌우로 뛰어서 거한이 휘두른 도끼를 피했다. 그대로 도망치기 위해 거한의 옆을 지나, 그다지 밝지 않은 복도를 향해 서둘러 돌아갔다.

"여기까지는 좋았지만, 지금부터 어쩔 거야?!"

"아까 숨을 수 있는 곳이 있었어!"

나는 A짱의 손을 잡고 용구실로 들어갔다.

그렇다…. 눈여겨본 곳은 쇠지레 같은 것이 들어있던 로커다!

"어?! 이런 곳에 들어간다고?!"

"호러 게임의 공식이야~. 로커의 힘을 믿어, A짱!"

"로커의 힘이라니 뭔데?!"

나는 다짜고짜 A짱을 로커 안에 끌어들였다.

둘이 함께 들어가서 문을 닫고 보니, 로커 안은 상상 이상으로 답답했다.

마주 보면 코와 코가 부딪칠 것 같고, 밀착한 부분에서 상대의 체온까지 전해진다. 전력 질주로 뜨거워진 숨결이 닿아서 피부가 간지러워진 우리는, 그만 몸을 꾸물꾸물 움직이게 됐다.

“소, 소라… 여기, 좁은데….”

“우리 둘 다 몸이 날씬하니까 어떻게든 될 것 같았는데….”

“게다가… 저기… 가깝지 않아?”

답답해서 괴로운 가운데, A짱의 얼굴이 새빨개졌다.

“뭐가?”

“얼굴이….”

“가치코이 거리*라는 거네. A짱을 쳐다봐야지~. 빠~안….”

(*주석#1 가치코이 거리: 팬심 이상의 연애 감정을 품는 「가치코이」에 빠질 만큼 가까운 거리를 뜻하는 용어.)

“그, 그런 거나 하고 있을 때야?!”

그런 별것 아닌 대화가 이어졌지만, 생각보다 다리가 느린지 아니면 우리를 애태우려는 건지, 거한은 좀처럼 찾아오지 않았다.

그래서 우리는 로커 안에서 밀착한 채 한동안 기다리게 됐다.

“그보다, 로커는 여기 하나밖에 없는데 숨는 의미가 있어? 오히려 노골적으로 숨어 있다는 느낌 아냐?”

“…….”

“시선을 돌려서 얼버무리지 마… 우읍?!”

발소리가 들린 것 같았기에, 나는 곧바로 A짱의 입을 손으로 막았다.

그러자 로커 문에 달린 얇은 틈새에서 여기로 다가오는 거

한의 모습이 살짝 보였다.

거한이 도끼를 끌면서 용구실 안을 난폭하게 어지럽히기 시작했다. 그리고 로커 앞에서 멈추더니, 틈새로 로커 안을 들여다봤다.

"으각! 우급… 으그급!"

핏발선 눈이 쳐다보자 A짱이 날뛰려고 했다.

'여기서는 A짱을 지켜야지!'

나는 비어있는 손으로 A짱의 머리를 토닥토닥 쓰다듬었다.

"무섭지 않아… 무섭지 않아… 내가 있으니까 괜찮아…."

아기를 달래듯이 A짱의 귓가에 살며시 속삭였다.

그러자, 공포에 떨던 그녀의 몸이 풀어지는 게 느껴졌다.

거한은 한동안 로커를 들여다봤지만, 마지막까지 문을 열지는 않고 용무실에서 떠나갔다.

"사, 살았다아…."

로커의 문을 열고 A짱이 굴러 나갔다.

좁은 곳에서 밀착해 있었기에, 우리 둘 다 땀투성이였다.

나는 손등으로 이마의 땀을 닦았다.

"후우… 거한의 AI가 다정해서 살았네, A짱."

"AI라니, 또 메타 발언을…. 살았으니까 상관없지만. 게다가 소라의 모성 덕분에 살았어. 고마워… 우와악?!"

갑자기 돌계단 쪽에서 콰쾅, 하는 커다란 소리가 들렸다.

"아마 거한이 아까 그 철문을 부순 걸 거야."

"우, 우리를 찾을 수 없어서 스트레스가 쌓인 건가?"

아무튼 이걸로 그 현관홀로 돌아갈 수 있게 됐고, 안심하고 탐색을 이어갈 수 있다.

우리는 세 번째로 복도 막다른 곳에 있는 철창으로 돌아왔다.

이번에야말로 철창을 잠그는 사슬에 쇠지레 같은 걸 내리쳤다.

그러자 무사히 사슬이 부서진 대신, 쇠지레 같은 것은 두 동강이 나서 부러졌다.

『쇠지레 같은 것은 부서지고 말았다.』

메시지가 표시된 동시에 쇠지레 같은 것의 잔해가 소멸했다.

그리고 철창이 귀에 거슬리는 소리를 내며 열리더니, 철창 안쪽에 있던 램프가 저절로 켜졌다.

그로 인해 철창 안쪽은 사방 5미터 정도의 좁은 창고였다는 게 판명됐다. 창고에는 나무 상자가 잡다하게 쌓여있고, 그중 몇 개는 뚜껑이 열려있었다.

'여기서는 상자 안이 안 보이네….'

나는 창고에 한 발짝 들여놓으려 했다.

그 순간, 눈앞에 목이 찢어진 프랑스 인형이 떨어졌다.

"꺄악!"

나는 저도 모르게 깜짝 놀라 물러나고 말았다.

창고 천장을 올려다봤지만, 프랑스 인형을 놔둘 법한 선반도 없거니와 끈 같은 걸로 매달아 둘 만한 훅도 없었다. 아무것도 없는 공간에서 갑자기 나타나서 내 눈앞에 떨어졌다고

밖에 생각할 수 없는 상황이었다.

놀란 나를 목격한 A짱이 어째선지 씨익 웃었다.

"웬일로 소라가 놀랐네! 이 장면, 무조건 동영상에 써야지!"

"나, 나도 평범하게 놀라기도 하거든~!"

"이대로 가면 내 비명만 수록될 테니까, 소라가 웬일로 비명을 지른 모습을 찍다니 운이 좋네~. 게다가 함정에도 걸려 줬고. 이걸로 안심하고 이 방을 찍을 수 있겠어."

A짱도 만족스럽게 뺨의 힘을 풀면서 창고에 발을 들였다.

그리고 뚜껑이 열린 나무상자 안을 들여다본 순간—.

"…흐히이이이이익?!"

뭔가 터무니없는 걸 발견했는지, A짱이 비명을 지르면서 몸을 젖혔다.

"소라! 나무상자! 나무상자 안!"

"나무상자 안… 오, 오오우…."

들은 대로 나무상자 안을 들여다본 순간, 등골이 오싹 떨렸다.

나무상자 안에는 인간의 뼈가 난잡하게 수납되어 있었다.

두개골이 하나뿐이니까, 어쩌면 1인분의 뼈인 걸지도 모른다.

뚜껑이 열린 다른 나무상자도 조심조심 들여다보자, 그것도 모두 1인분의 인골이, 아이가 정리한 장난감처럼 난잡하게 들어가 있었다.

'설마, 다른 나무상자에도 전부….'

무서운 상상이 뇌리를 스쳤다.

뚜껑이 닫힌 나무상자도 만약을 위해 조사해 봤지만, 그쪽에는 제대로 못이 박혀있었다. 솔직히, 안을 조사해 볼 수 없어서 오히려 안심했다.

목이 찢어진 프랑스 인형, 인골이 들어간 나무상자, 무언가를 호소하는 소녀 유령, 일가 동반 자살 사건을 일으킨 아버지… 수수께끼는 깊어만 갈 뿐이다.

"소라! 저 안쪽, 뭔가 빛나고 있지 않아?"

A짱이 뚜껑이 열린 나무상자 하나를 가리켰다.

다시 조사해 보니, 나무상자 안에 있는 두개골의 눈구멍에 작은 무언가가 램프 불빛을 반사하며 살짝 빛나고 있었다.

"하, 하필이면 저런 곳에…."

내키지 않지만, 조사하지 않으면 앞으로 나아갈 수 없다.

조마조마하면서 줍자, 오늘 세 번째 열쇠라는 걸 알 수 있었다.

『다락방 열쇠를 손에 넣었다.』

메시지 창이 표시되면서 열쇠가 아이템으로 변해 수납됐다.

"다락방… 그런 곳이 있었나?"

우리는 의아해 하면서도 재빨리 인골투성이 창고를 나왔다.

"다락방이라고 해도, 짐작도 안 가네."

"으~음…. 들어가기 전에 창고의 외관을 본 느낌으로는, 현관의 지붕 밑이 수상할지도. 그리고 메타적인 추리가 되겠지만, 저택 중심에 해당하는 현관에 지하 입구와 다락방 입구

둘 다 있다면 마침 이동하기 편리해 보이고, 게임 플레이어에게 친절한 느낌이 들지 않아?"

"아~ 그럴 법하네."

복도를 되돌아가서 현관으로 향하자, 예상한 대로 돌계단과 현관을 연결하는 철문이 두 쪽으로 파괴되어 있었다.

'그럼 거한은 1층 어딘가에….'

우리는 주의하면서 현관을 다시 조사했다.

그러다가 무척이나 두꺼운 기둥 중간쯤에 멀뚱히 존재하는 열쇠 구멍을 발견했다. 열쇠를 꽂아서 돌려보니 기둥의 이음매가 틀어졌고, 그 틀어진 균열을 따라 작은 비밀 문이 열리면서 안쪽에 레버가 숨겨져 있는 걸 발견했다.

"…좋아, 당겨볼게."

"소라, 신중하게."

나는 숨겨져 있던 레버를 당겼다.

그 순간, 머리 위에서 텅, 하는 소리가 들리더니 천장에 숨겨져 있던 문이 열리면서 거기서 금속제 사다리가 내려왔다. 아무래도 이 사다리를 타고 올라가서 천장의 문을 통해 다락방으로 갈 수 있는 모양이다.

A짱이 의아한 표정으로 다락방으로 통하는 구멍을 올려다봤다.

"이 저택의 주인은 무슨 생각으로 이런 닌자 저택 같은 장치를 설치한 건지…."

“다락방 입구가 간단히 발견되면 수수께끼 풀이가 안 되잖아~.”

“우리는 대체 게임 구조에 얼마나 휘둘려야 하는 거야.”

“그것도 즐거움 중 하나야. 자, 다락방으로 가보자!”

우리는 신중하게 사다리를 타고 올라갔다.

천장 위로 고개를 내밀자, 그곳은 예상대로 다락방이었다.

작은 붙박이 창문에서 밝은 빛이 들어오면서 먼지투성이 바닥판이 일부 비쳐 보였다. 직접 만든 느낌이 드는 일그러진 책상이나 찬장이 늘어서 있고, 이불로 사용하던 낡은 천이 방 구석에 떨어져 있었다.

“그야말로 중요한 정보가 숨어있을 것 같네.”

“슬슬 끝내주면 좋겠어어….”

A짱은 이미 무척이나 피곤해 보인다.

나는 그녀에게 기운을 주려고 등을 토닥토닥 두드렸다.

“열심히 거한을 퇴치할 방법을 찾자. 그 방법만 알아내면 엔딩이 얼마 남지 않았으니까!”

우리는 마음을 다잡고 다락방을 빠짐없이 조사하기 시작했다.

그러자, 찬장 서랍에서 그야말로 중요해 보이는 흑백사진 하나가 나왔다.

“이건… 가족사진인가?”

나와 A짱은 흑백사진을 잡아먹을 듯이 바라봤다.

그곳에 비친 건 덩치 큰 남성과 열 살 전후로 보이는 소년이다.

두 사람 모두 명랑하게 웃고 있고, 행복한 분위기가 전해져 왔다.

그 사진을 목격한 A짱이 고개를 갸웃했다.

"어라? 신문 기사에 남자아이 이야기는 안 나왔잖아?"

"외동딸이 살해당했다는 이야기는 적혀있었지만, 아들이 있었다는 이야기는 적혀있지 않았지…. 그럼 이 사진은 대체 뭘까?"

우리 둘이서 골똘히 생각하던 그때였다.

"주… 죽… 주… 주주주주…."

들어본 적 있는 섬뜩한 소리가 뒤에서 들려왔다.

곧바로 돌아보자, 핏발선 눈의 거한이 도끼를 들어 올리고 있었다.

'사다리를 오르는 소리 같은 건 안 들렸어…. 하지만 유령이니까 저택의 원하는 곳에 워프하는 것 정도는 간단하겠지? 그나저나 단서를 입수해서 긴장이 풀린 때를 노리다니, 공포를 주는 타이밍이 근사하네!'

내가 그 한순간에 이것저것 감탄하는 사이.

"으갸아아아아아아아아악?!"

A짱이 절규를 내지르면서 펄쩍 뛰려는 듯이 몸을 젖혔다.

절규한 그녀의 손에서 흑백사진이 하늘하늘 떨어졌다.

'이건 또 게임 오버가—.'

내가 재시작을 각오한 순간이었다.

거한의 손에서 도끼가 떨어지더니, 쿵 소리를 내며 바닥에 꽂혔다.

"주… 죽… 죽…이고… 싶지… 않아…."

나와 A짱은 놀란 나머지 얼굴을 마주 봤다.

'죽이고 싶지 않다? 혹시, 지금까지 계속 그렇게 말했던 걸까?'

거한은 먼지투성이 바닥에 떨어진 흑백사진을 주웠다.

조금 전과는 달리, 무척이나 슬픈 눈으로 흑백사진을 바라봤다.

"돌아가고… 싶어…."

거한의 눈에서 피가 섞인 눈물이 흐르기 시작했다.

"진짜… 집으로… 아들의… 곁으로…."

쓸쓸하고 연약한 남자의 쉰 목소리.

'혹시, 대화를 나눌 수 있을지도!'

나의 가슴에 약간의 희망이 샘솟던 그때였다.

갑자기 거한의 입에서 토혈한 듯한 검은 액체가 흘러나왔다.

우리는 예상치도 못한 사태에 할 말을 잃었다.

누군가가 뒤에서 찔렀는지, 거한의 가슴에서 칼날 끄트머리가 삐져나와 있었다.

새카만 액체에 젖은 칼날이 생생한 소리를 내면서 스르륵 뽑혔다.

직후, 거한이 툭 무릎을 꿇으면서 뒤에 숨어있던 칼날의 주인이 모습을 드러냈다.

"필요 없어…."

등골이 서늘해지는 차가운 목소리.

거한을 뒤에서 날붙이로 찌른 범인… 그건 서관을 탐색할 때 만났던 소녀 유령이었다.

"뭐, 뭐야?! 무슨 일이 일어난 거야… 히익!!"

식칼을 들고 있는 소녀 유령을 눈앞에서 목격하고 이 사태에 곤혹스러워하던 A짱의 얼굴이 새파래졌다.

식칼이 뽑혔을 때 튀었는지, 소녀 유령이 입고 있는 옷뿐만 아니라 그녀의 얼굴마저도 새카만 액체가 가득 묻어있었다.

거한은 힘없이 앞으로 거꾸러졌다.

새카만 액체를 두 눈에서도 흘리면서 고통스러운 표정을 짓던 그 몸이, 안개가 사라지듯 한순간에 소멸해 버렸다. 이후에 남은 건 검은 액체가 바닥에 만든 생생한 얼룩뿐이었다.

흰자위까지 새까매진 소녀 유령의 눈에서도 마치 오물이 흘러넘치듯 새까만 액체가 뚝뚝 떨어졌다.

"말을 안 듣는… 가짜 아버님 같은 건 필요 없어…."

소녀 유령이 무자비하게도 흑백사진을 짓밟았다.

흑백사진은 처참하게 구겨지고 말았다.

어안이 벙벙해졌던 우리는 깜짝 놀라 양손으로 입을 가렸다.

"혹시… 흑막은 여자아이 쪽?!"

"이 상황은 아무리 봐도 그거야, 소라!!"

"아~ 그쪽이었나~."

내 머릿속에 있던 단편적인 정보가 퍼즐처럼 급속도로 조립되기 시작했다.

"말을 안 듣는다…라는 건, 이 아이가 거한에게 명령해서 우리를 습격하게 했다는 거구나. 거한은 진짜 가족에게 돌아가고 싶었고, 아마 저 흑백사진에 나온 게 거한의 아들인 거겠지."

"소라, 냉정하게 고찰할 때야?!"

"그렇게 생각하면, 거한은 억지로 끌려와서 여자아이의 명령대로 아버지 역할을 연기하고 있었다…는 걸까? 그럼 이 저택에서 일어난 무리한 동반 자살 사건은, 생전의 거한이 여자아이의 명령을 받아서 어쩔 수 없이 한 일일까, 아니면 여자아이의 저주에서 벗어나기 위해 자기 의지로 한 일일까—."

"그러니까 위험하다고!"

갑자기 A짱이 손을 잡아당겨서, 나는 저도 모르게 옆으로 쓰러졌다.

그 덕분에 식칼을 들고 돌진하는 소녀 유령을 피할 수 있었다.

"고, 고마워. A짱!"

"도망치자! 아무튼 도망치자!"

소녀 유령의 옆을 빠져나간 우리는 황급히 사다리를 내려갔다.

현관으로 돌아온 직후, 저택 전체가 격하게 흔들리기 시작했다.

제대로 서 있을 수 없어진 우리는, 머리를 안고 주저앉았다.

어마어마한 진동을 견디지 못한 천장과 벽이 붕괴하기 시작하더니, 마치 노린 것처럼 잔해가 현관 출입구를 막아버리고 말았다.

게다가 촛대의 불이 여기저기에 옮겨붙고 어딜 봐도 부자연스러운 기세로 타올라, 순식간에 불꽃과 연기가 시야를 덮어버렸다.

"콜록콜록…. 앗, 딱히 숨이 막히지는 않구나."

나는 손을 파닥파닥 휘둘러서 피어오르는 연기를 걷어냈다.

참고로 불도 뜨겁게 보이지만 어디까지나 리얼한 버추얼 영상이다.

"그나저나 이 쓸데없이 스피디하게 통로를 막아버리는 전개…. 이거 클라이맥스에 돌입한 것 같네. 그야말로 『불타오르는 저택에서 탈출하자』라는 분위기지만, 아직 유령을 퇴치하는 방법도 찾지 못했는데 도망쳐도 괜찮을까?"

"이 지경까지 왔으니까, 나는 탈출할 수 있다면 뭐든 좋아…."

"으~음. 어쩌면 진 엔딩 플래그를 놓쳤을 가능성도—."

"잠깐… 오고 있어! 소라, 유령이 오고 있어~!"

어깨를 찰싹찰싹 두드렸기에, 나는 A짱이 보는 쪽을 돌아봤다.

어느새 내려왔는지, 소녀 유령이 사다리 앞에 서 있었다.

그녀는 눈에서 새카만 액체를 흘리면서 식칼을 들고 다가오고 있었다.

게다가 빠르게 걷는 동작인데 마치 전력 질주라도 하는 듯한 스피드다.

"가자, A짱!"

우리는 무너지는 저택 안을 내달렸다.

그러나 정면 출입구는 봉쇄된 데다, 저택 전체가 흔들릴 때마다 새로운 잔해가 쏟아지고 있다. 막다른 길을 마주쳐서 돌아가는 것의 연속이라, 우리가 아무리 도망쳐도 소녀 유령은 바로 뒤까지 다가오고 있었다.

'이, 이건 몇 번이고 실패하면서 정답 루트를 익혀야만 할 것 같은 예감!'

그렇게 우리가 앞날에 불안감을 품고 있는데, 이번에는 시야 끝에서 피투성이 시체가 비치기 시작했다. 힐끔 보이다가 바로 사라지는 걸 보면, 아마 플레이어를 깜짝 놀라게 해주려는 서브리미널 영상이리라.

조금 놀라게 해주는 것 말고는 딱히 해는 없어 보이지만—.

"죄송합니다! 죄송합니다! 이제 나쁜 짓은 안 할게요!"

피투성이 시체의 환각을 보게 된 A짱이 바닥에 주저앉고 말았다.

'바, 바로 약해져 버렸어?!'

나는 그로기 상태가 된 A짱을 힘껏 흔들었다.

"A짱, 환각은 나쁜 짓 하지 않으니까! 겉보기가 끔찍할 뿐이니까!"

"겉보기가 무섭기만 해도 충분히 싫다고오!"

"안 무서워~. 피투성이일 뿐이야~… 앗."

푹, 하고 옆구리에 충격.

내가 눈치챘을 때는 이미 식칼이 옆구리에 꽂혀있었다.

눈앞이 새까매지면서『게임 오버』글자가 떠올랐다.

우리는 오늘 세 번째로 재시작하게 됐다.

…그러나, 그 후의 재시작은 세 번으로는 끝나지 않았다.

저택에서의 탈출 이벤트가, 정말이지 너무 어려워!

차례차례 쏟아지는 잔해가 길을 막는… 건 어떻게든 대처할 수 있었지만, 문제는 피투성이 시체가 나오는 서브리미널 영상 쪽이었다.

시야 곳곳에서 피투성이 시체가 등장할 때마다 A짱이 너무 무서워해서 움직이지 못하게 됐다.

그렇게 양손으로는 셀 수 없을 만큼 게임 오버를 반복한 결과—.

"후후후… 후후후후…."

A짱은 현관 구석에서 몸을 웅크리고 말았다.

불타오르는 저택은 제쳐놓은 채, 주저앉아서 그을린 융단을 손가락으로 매만지고 있다.

무릎을 부여잡고 쪼그려 앉은 등이 여느 때보다 작게 보였다.

"나도 말이지…. 게임 캐릭터를 조작하는 건 어떻게든 할 수 있지만… 자기 다리로 도망쳐야 하면 말이지… 다리가 굳어진다니까… 후후후… 이건 그건가? 동영상 공개, 보류해야 하나?"

"A, A짱의 멘탈이 심각해지고 있어…."

우리가 사다리를 내려간 시점부터 움직이지 않으면 소녀 유령도 (게임 구조 문제로)움직이지 않는지, 다락방으로 통하는 사다리용 문에서 이쪽을 내려다보고 있다.

무서워야 하는 표정도, 지금은 이쪽을 걱정하듯이 보고 있다.

오랫동안 스탠바이하게 만들고 있어서 왠지 미안한 마음이 든다.

『어쩔 거야? 포기할래?』

안키모의 걱정하는 목소리가 어딘가에서 들렸다.

『나는 그건 그것대로 재미있는 전개라고 생각해.』

"나, 나 역시 A짱의 몸과 마음이 걱정이야…. 정말로 괴로우면 포기해도 괜찮거든?"

나는 A짱 옆에 앉아서 등을 쓸어줬다.

'셔츠가 땀에 흠뻑 젖었네?! 이, 이건 상당히 지쳤나 봐….'

A짱은 흐리멍덩한 표정으로도 무척이나 강하게 고개를 내저었다.

“이, 이대로 가면 공개 보류는 아니더라도 동영상 섬네일이 『약해빠진 A짱 대절규!』 같은 게 되어버려어어어….”

“그, 그건 지금부터 활약해도 어떻게 안 될 것 같은데…?”

자, 이제 정말 어떻게 할까?

나만 저택에서 탈출한다는 방법도 없지는 않다.

그러나 모처럼 둘이서 여기까지 힘내서 왔다.

그리고 무엇보다… A짱 자신의 마음이 아직 꺾이지 않았다.

‘하지만 정말 어떻게 공략해야—.’

내가 호러 게임 경험과 지식을 총동원해서 공략법을 고민하던 중.

『소라… 소라… 들려?』

안키모의 속삭임이 귓가에서 들렸다.

『지금은 소라한테만 들리게 해두고 있어.』

“아, 안키모?! 그런 것도 가능하구나! 텔레파시 같네.”

나는 작은 목소리로 몰래 대답했다.

『도움이 되는 아이템을 보냈어. 아이템을 확인해 봐.』

“고마워, 안키모!”

나는 메뉴 화면을 열어서 아이템 항목을 확인했다.

그곳에는 『끈 달린 5엔 동전』이라는 수수께끼의 아이템이 추가되어 있었다.

"이, 이건?!"

아이템 이름을 목격한 순간, 나는 바로 떠올랐다.

이거라면 확실히 상황을 타개할 수 있을지도 모른다.

'즉석에서 바로 할 수밖에 없지만….'

나는 메뉴 화면에서 끈 달린 5엔 동전을 골라서 실체화했다.

"A짱, 이걸 봐!"

"어, 뭔데?!"

A짱은 조금 놀라면서도 고개를 들었다.

나는 그녀의 눈앞에서 끈 달린 5엔 동전을 흔들기 시작했다.

"당신은 호러 게임이 무섭지 않게 된~다~."

A짱에게는 숨겨진 특성이 있다.

이건 예전에 어느 콜라보 기획에 참가했을 때 판명된 건데, A짱은 최면술에 굉장히 잘 걸린다.

콜라보 생방송의 최면술 코너에서 나를 포함한 참가자들이 최면술에 걸리게 됐는데… 이게 좀처럼 효과가 나오지 않았다! 아무래도 최면술에 걸리기 힘든 체질인 사람만 모인 모양이었다.

그런 가운데, A짱만큼은 놀랄 만큼 간단히 최면술에 걸렸다. 그 덕분에 최면술 코너는 대성공으로 끝났다.

'그때는 프로가 최면술을 걸었지만, 지금은 내가 해야겠지! 방식이라든가 요령 같은 건 전혀 모르지만….'

그런 불안감을 품으면서도 끈 달린 5엔 동전을 획획 흔들자―.

“나느은… 호러 게임이이… 무섭지 안타아….”

A짱의 눈이 바로 흐리멍덩~해졌다.

아까까지 절규하고 있었다고는 보이지 않을 만큼 릴랙스하고 있다.

‘걸리는 게 빨라! 그래도 이건 확실히 최면술에 걸린 건가?’

나는 A짱의 눈앞에서 손을 흔들어 봤다.

그러나 무심코 걱정하고 말 정도로 무반응이다.

‘일단 괜찮아 보이긴 하는데… 최면술에 제대로 걸렸는지 확실하게 확인해 보는 게 좋겠지? 그걸 위해서는 A짱이 평소에 안 하는 걸 시키는 게 좋으려나….’

나는 A짱과 눈을 마주 하며 말했다.

“A짱, 해피해피 냥냥을 해봐~!”

다시 설명하지!!

해피해피 냥냥이란 『쉬지 마! 8분음표짱♪』이라는 게임을 플레이하는 동영상에서 태어난 벌칙 게임이다!

소라토모들에게 귀엽다고 대호평을 받아서 그 뒤로 틈만 나면 하게 된, 인연 많은 소재(?)다.

나는 A짱도 해줬으면 했지만, 언제나 거절당하고 있다.

애초에 후방에 있는 A짱이 부탁한다고 해줄 리가 없었는데―.

“해피해피 냥냥, 야옹이의 날~♪”

내 눈에 날아든 것은, 양손으로 고양이 귀 모양을 만들고 활짝 웃으면서 뿅뿅 뛰는 A짱의 모습이었다.

'하, 하고 있어~?!'

호러 게임의 줄거리와는 상관없는 일이지만, 이건 대단히 흥분됐다.

"해피해피 냥냥, 고양이야~♪ 냥♪"

"아아, A짱 너무 귀여워…. 이대로 계속 지켜보고 싶어…."

이 해피해피 냥냥 장면만큼은 동영상 클립을 따고 싶을 정도다.

『소라! 몽롱하게 있을 때가 아니야!』

"그, 그랬었지!"

나는 안키모의 목소리를 듣고 정신을 차렸다.

그리고 해피해피 냥냥을 하고 있는 A짱에게 말했다.

"A짱, 저택에서 탈출하자!"

"…맡겨둬, 소라!"

A짱의 눈이, 안경 속에서 번쩍 빛났다.

그 직후, 그녀는 내 손을 잡고 망설임 없이 달렸다.

우리가 달리는 것에 반응한 소녀 유령이 겨우 현관으로 내려왔다. 그녀는 식칼을 들고 쫓아왔지만, 우리와 거리가 점점 벌어져서 순식간에 불과 연기 너머로 모습을 감춰버렸다.

"A짱, 굉장해! 벌써 떼어놓았어!"

나는 A짱의 에스코트를 받으며 그대로 달렸다.

떨어지는 잔해를 차례차례 피하는 움직임은 마치 미래를 보고 있는 것만 같다.

시야 끝에 비치는 피투성이 시체에는 눈길도 주지 않고 있다.

그렇게 계속 달리자, 허망할 정도로 간단히 벽에 뚫린 구멍을 통해 저택 밖으로 탈출할 수 있었다. 정답 루트를 찾아내고, 장애물에 걸리지도 않으면 의외로 골까지 간단히 도착할 수 있었던 모양이다.

"사, 살았다아!"

우리가 밖으로 뛰쳐나오자마자 저택 전체가 소리를 내며 무너지기 시작했다.

저택의 붕괴에 말려들었는지, 소녀 유령은 결국 모습을 드러내지 않았다.

그렇게 완전히 붕괴한 저택을 배경으로 스태프 롤이 흐르기 시작했다.

"오오~! A짱, 우리가 클리어했어~!"

나는 공중에 떠오른 제작자들의 이름을 가리키며 말했지만, 여전히 최면 상태인 A짱은 멍한 표정으로 우두커니 서 있었다.

"마, 맞다! 최면을 풀어야지!"

나는 A짱의 눈앞에서 손뼉을 쳤다.

"지금부터 당신의 최면을 풀겠습니다… 자!"

"우왓…. 어, 어라? 여기는…?"

손뼉 치는 소리를 신호로 받은 A짱이 정신을 차렸다.

나는 그걸 보고 가슴을 쓸어내렸다.

'다행이다아…. 확실히 원래대로 돌아왔네! 그래도 일단 지금은 최면술을 걸었다는 걸 들키지 않게 해야겠어. A짱은 나한테는 해피해피 냥냥을 시키면서 자기는 절대 안 하려고 하니까!'

안심한 것도 잠시, 나는 얼버무리기 위해 황급히 떠들어댔다.

"A짱! 우리, 무사히 저택에서 탈출했어!"

"어, 그랬어?! 뭔가, 도중부터 전혀 기억이 없는데…."

"정말로 굉장했어~. A짱도 참, 나를 다정하게 리드해 줬다니까!"

"그, 그래?"

A짱이 쑥스러운 듯 뺨을 붉혔다.

"뭐, 나도 호러 게임에는 그런대로 익숙해졌으니까. 도중부터 정신없이, 무의식적이었다고나 할까…. 그래그래, 무아의 경지라고 해야 하려나~."

아무래도 해피해피 냥냥은 기억하지 못하는 모양이다.

'좋아. 이러면 A짱에게 들키는 걸 뒤로 미룰 수 있겠어!'

내가 몰래 승리의 포즈를 잡은 직후.

『클리어 축하해! 두 사람 다 수고했어~.』

안키모의 목소리가 어딘가에서 들려왔다.

나는 어느새 맑아진 하늘을 올려다봤다.

“안키모도 서포트 고마워. 정말로 살았어!”

『천만의 말씀. 그럼 두 사람을 스튜디오로 돌려놓을게.』

안키모가 그렇게 말하자, 우리는 붕괴한 저택에서 어느새 스튜디오로 이동했다.

대모험을 했던 곳이 버튼 하나로 바로 사라지는 건, 언제든 편하게 플레이할 수 있다고는 해도 뭐라 말 못 할 쓸쓸함이 들었다.

“후우…. 겨우 돌아왔네.”

A짱이 커다란 한숨을 내쉬고는 힘없이 내 어깨에 기댔다.

“A짱. 정말로 애썼네. 장하다 장해♪”

“하아~. 피곤이 녹아내려….”

안키모가 의자에서 일어나 컴퓨터와 기재의 산에서 고개를 내밀었다.

『그럼, 마지막으로 두 사람의 감상을 들어볼까? 우선 A짱부터!』

“앗… 나부터?!”

A짱이 등을 쭉 뻗었다.

“어어어… 처음 하는 VR 호러 게임이어서 절규하거나 폭주하기도 했지만, 어떻게든 클리어하게 된 것 같아서 안심하고 있습니다. 게임은 정말로… 정! 말로 무서웠습니다!”

『저, 절실함이 전해지고 있네…. 그럼 소라의 감상도 가르쳐줘!』

退散
悪霊

"네~에♪"

나는 싱글벙글 웃으면서 카메라를 바라봤다.

"VR 호러 게임은 저도 처음 하는 경험이었는데… 정말 너무 즐거웠어요! 자신이 호러 게임의 주인공이 되어 저택을 탐색하는 것도 신선했고, 수수께끼 풀이에 숨바꼭질에 술래잡기까지… 그런 정평이 난 이벤트를 잔뜩 즐길 수 있었네요!"

『고마워, 소라. 그럼―.』

"아, 하지만 신경 쓰이는 것도 무척 많았어. 애초에 여자아이 유령을 확실하게 성불시키지 못했어! 저택 동쪽도 탐색하지 못했으니까, 아마 중요한 정보나 아이템을 얻지 못했을 거라고 생각해. 아까 그 스태프 롤이 흐르기만 하는 연출도 그야말로 아직 수수께끼를 모두 풀지 못한 노멀 엔딩 같았고…."

『소라? 소라, 듣고 있어?』

"다락방에 들어가기 직전의 세이브 포인트도 남아있고, 거기서부터 다시 하면 탈출 이벤트에 돌입하는 걸 막을 수 있을 테니까…. 좋아, A짱! 안키모! 지금부터 진 엔딩을 목표로 다시 호러 게임 세계로 가자!"

"소라…."

A짱이 갑자기 내 양어깨를 꽉 붙잡았다.

게다가 손자국이 남을 것 같은 악력이다.

의기양양하게 나서려던 나는 순간적으로 현실로 돌아왔다.

"A, A짱? 지금부터, 한 번 더 호러 게임을―."

"안, 할, 거, 야!!"

A짱의 단호한 의사 표명이 스튜디오 전체에 울려 퍼졌다.

이렇게 오늘 동영상 촬영은 끝났다. 이후에 최면 상태인 A짱에게 해피해피 냥냥을 시킨 게 들켜버려서 나는 A짱을 크게 화나게 만들었지만… 그건 또 다른 이야기이다.

×

"으으으… 힉?! 오오오… 큭! 으으음… 하아~."

스튜디오에서 버라이어티 넘치는 신음소리가 들렸다.

호러 게임 동영상 촬영은 끝났지만, A짱의 역할은 거기서 끝나지 않는다.

동영상 편집이라는 끈기가 필요한 작업이 기다리고 있다.

기나~긴 동영상 속에서 재미있는 장면이나 중요한 장면을 선정하거나, 우리의 대화를 알아듣기 쉽도록 자막을 넣거나, 동영상을 더 재미있게 만들기 위해 효과음을 넣거나… 이게 꽤 어려운 작업이다. 언제나 그런 작업을 해주고 있는 A짱에게는 아무리 감사해도 부족할 정도다.

"A짱, 언제나 고마워."

자주적인 노래 연습을 하면서 A짱의 작업을 지켜보던 나는, 컴퓨터 앞에서 끙끙 신음하는 그녀의 등을 살짝 안아줬다.

그 순간, A짱이 돌아보면서 게슴츠레한 시선을 보냈다.

나는 저도 모르게 움츠러들면서 그녀의 등에서 살짝 떨어졌다.

"왜, 왜 그래? A짱?"

"어째서 동영상 편집을 하면서 신음하고 있는 건가… 그렇게 생각하고 있지?"

"아, 아닌데~?"

"생각하고 있잖아! 무조건 생각하고 있는 눈빛이야!"

A짱이 게슴츠레~한 눈으로 이쪽을 바라봤다.

"호러 게임은 플레이할 때는 무섭지만, 동영상을 편집할 때는 무섭지 않거든?!"

"으, 응…."

너무나도 박력이 넘쳐서 나는 몸을 젖히고 말았다.

A짱의 호소는 거기서 멈추지 않았다.

"게다가 말이지…. 동영상을 돌려보면서 깨달은 건데, 내가 비명을 지르면 소라가 무척이나 기뻐하더라. 뭔가 S끼가 있다고 해야 할까…."

"엇… S 아니거든! 그, 그런 건 좋지 않아~!"

나는 진지하게 반론했다.

"따, 딱히 A짱이 괴로워하는 모습을 즐기고 있던 건 아니니까!"

"흐~응…."

"A짱이 호러 게임을 전력으로 즐기고 있다는 게 기뻤던 거야! 깜짝 놀라거나 무서워하면서 진심으로 비명을 지른다는 건, 호러 게임의 장치를 확실하게 맛보고 있다는 거잖아. 그건 게임 제작자의 노력이 결실을 맺은 증거이기도 하고, 나는 그런 게 기뻤던 거야! 눈!"

나의 역설이 통했는지 아닌지.

A짱은 피식 웃으면서 어깨에서 힘을 빼고 의자 등받이에 기댔다.

"정말… 소라는 진심으로 호러 게임이 좋은가 보네."

"좋아! 너무 좋아!"

나는 몸을 앞으로 내밀면서 고개를 끄덕였다.

"그게 아니라면 A짱이랑 같이 호러 게임을 플레이하고 싶다고 생각 안 했을 거야. 나는 A짱도, 소라토모들도, 친구 VTuber들도… 좋아하는 호러 게임의 매력을 느껴줬으면 좋겠어!"

"또~ 눈이 반짝반짝하네…."

조금 전까지와는 달리 A짱이 기쁜 듯 중얼거렸다.

"결국 나도 소라가 즐겨주는 게 제일이니까. 그런 소라의 모습을 모두에게도 보여주고 싶어서 도와주고 있는 거고…. 그러니까 이 동영상 편집도 제대로 힘낼게."

A짱의 진지한 말과 어른스러운 눈빛에서 그녀의 응원하는 마음이 전해져 왔기에, 나는 저도 모르게 가슴이 뜨거워졌다.

자신이 좋아하는 걸, 정말 좋아하는 절친이 응원해 주고 있다.

이 이상 기쁜 일은 없지 않을까? 나는 진지하게 그렇게 생각했다.

“고마워, A짱.”

“천만의 말씀을, 소라.”

“나, 호러 게임을 좀 더 좀 더 전력으로 즐길게!”

“응. …으, 응?”

나의 가슴속에서 호러 게임 사랑이 멈추지 않고 넘쳐났다.

“모두에게 소개하거나 같이 플레이하고 싶은 호러 게임이 잔뜩 있어! 유령의 사진을 찍는 거라든가, 가위를 든 살인귀가 쫓아오는 거라든가, 저널리스트가 돼서 병원에 잠입하는 거라든가, 고아원에서 귀족 놀이를 하는 거라든가, 그 밖에도, 그 밖에도—.”

“응, 알았어! 알았으니까, 그렇게 역설하면서 다가오지 마!”

몸을 너무 젖히는 바람에 A짱이 의자에서 떨어질 뻔했다.

나는 흘러넘치는 사랑을 주체하지 못하고 한동안 계속 열변을 토했다.

당신의 마음은…

「흐림 뒤 맑음!」

라이트노벨 출장판

홀로라이브 편

마계 학교 소속인 일본 옷을 입은 오니 소녀.
장난을 좋아해서, 자주 도깨비불을
날려서 다른 사람을 골려주면서 놀고 있다.
이래 봬도 실은 학생회장.

Twitter▶ @nakiriayame

YouTube 채널 ▶

소라토모 네임: 나키리 아야메

예전에 유세(幽世)에 살던 자들에게 받은 질문인데, 현세에 온 건 좋았지만 여전히 실수로 인간님을 먹어버릴 것만 같습니다. 어떻게 하면 좋을까요?

Answer

친구를 먹어버릴 것 같은 거야?! 먹어버리고 싶을 만큼 귀엽다…는 걸까? 하지만 친해졌다고 해서 친구를 먹어버리는 건 슬프니까… 그래! 아야메도 친구의 비명을 잔뜩 먹어서 배를 채우면 좋지 않을까? 귀여운 친구에게 호러 게임을 시키고, 그 비명을 듣고 있으면 왠지 피부가 매끈매끈해지는 듯한 기분이 들어. 아, 나는 물론 아야메가 게임을 하는 쪽이라도 괜찮아~.

당신의 마음은…

「흐림 뒤 맑음!」

라이트노벨 출장판

홀로라이브 편

마계 학교의 보건의. 교내의 남녀에게 인기가 많고, 특히 남자들의 진료 의뢰가 끊이지 않는다고 한다. 과자를 좋아해서, 책상 위에 과자 봉지가 흩어져 있는 게 목격되어 혼나곤 한다.

Twitter▶ @yuzukichococh

YouTube 채널 ▶

소라토모 네임: 유즈키 초코

초코처럼 달콤하게 녹아내리는
치유의 한때를 당신에게.
악마 버츄얼 보건의, 유즈키 초코입니다!
이번에 상담할 게 있는데… 실은 최근 홀로라이브 멤버가 "초코 선생님뿐이야."라고 말해 놓고서 자주 바람을 피우고 있습니다.
두 번째 여자가 아니라 첫 번째가 되려면 어떻게 해야 좋을까요?
꼭 소라 선배의 어드바이스를 듣고 싶어요.

Answer

바람…?! 홀로라이브 후배들이 어느새 그런 아수라장을 벌이고 있었다니…! 나는 첫 번째나 두 번째 같은 건 잘 모르지만, 애초에 누군가에게 사랑받고 싶다! 라고 생각해서 상대를 좋아하게 되는 건 아니잖아? 그러니까 분명 자신이 좋아한다고 생각하는 상대에게는, 솔직하게 "좋아해."라고 말해 주면 상대도 자연스레 좋아해 주지 않을까… 앗, 왠지 옆에서 A짱이 불만스러운 표정을 짓고 있어! 어째서~? 기다려—! 앗, 초코 선생님, 그런 거니까~!!

당신의 마음은…

「흐림 뒤 맑음!」

라이트노벨 출장판

홀로라이브 편

종합 격투기부와 e-sports부의 매니저를 하고 있다.
보이시한 성격으로, 누구든 차별 없이 대하는 밝고 기운차고 활발한 아이.
게임은 절찬 연습 중.

Twitter▶ @oozorasubaru

YouTube 채널 ▶

소라토모 네임: 오오조라 스바루

치와—스!　오오조라 스바루임다!
스바루는 아이돌이 되고 싶은데,
정신 차리고 보니 와사비 슈크림을 먹거나,
도날드 덕이라는 소리를 듣고 있습니다.
어떻게 해야 소라 선배 같은 반짝반짝 빛나는
아이돌이 될 수 있을까요??

Answer

정신 차리고 보니…?!　무의식적…이라는 거니까, 와사비 슈크림이나 도날드 덕은 어쩔 수 없을지도 모르겠네…. 그래도 여자아이는 다들 귀여우니까, 아이돌이라고 생각하는 순간부터 모두 누군가의 아이돌이야!
스바루는 홀로라이브의 무드메이커이자 아이돌로서 굉장히 반짝반짝 빛나고 있으니까 걱정하지 않아도 괜찮아. 이 사연을 읽고 있는 여러분도 모두 스바루를 아이돌로서 응원해 줘!

당신의 마음은…

「흐림 뒤 맑음!」

라이트노벨 출장판

홀로라이브 편

어딘가에서 갑자기 나타난
흑발의 동물 귀 소녀.
신사에 자주 출몰하는 듯하다.
게임을 좋아한다.

Twitter▶ @ookamimio

YouTube 채널 ▶

소라토모 네임: 오오카미 미오

소라 선배에게 상담하고 싶은 게 있습니다!
저는 언제나 엄마한테 도시락을 받고 있는데,
언제나 「치쿠와 도시락」입니다. 하얀 밥에 이소
베아게가 올라가 있어서 굉장히 맛있습니다.
그래도 가끔은 다른 반찬이 들어간 도시락을 먹고
싶습니다.
뭐라고 말해야 엄마에게 상처를 주지 않고 「치쿠
와 도시락」에서 탈출할 수 있을까요?

Answer

치쿠와 도시락, 맛있겠네~! 미오의 어머니는 분명 다정한 분일 거야. 어디 보자~ 어머니를 솔직하게 칭찬해 보는 작전은 어떨까? "엄마가 만드는 치쿠와 도시락은 굉장히 맛있으니까, 뭘 만들어도 맛있을 거야! 그러니까 다른 것도 먹어보고 싶네~."라고 하면, 분명 어머니도 기분 상하지 않으실 거야! 나도 언젠가 좋은 어머니가 될 수 있도록… 지금부터 요리 연습을 해야겠네….

【5】 지금까지의 소라, 앞으로의 소라

새해가 된 지도 꽤 지나서 1월도 절반을 넘어선 어느 날의 일이다.

나와 A짱과 안키모는 스튜디오 대청소를 하고 있었다.

운영의 협력을 받아서 데뷔 당시부터 계속 사용해 온 결과, 스튜디오에는 동영상 촬영이나 생방송에서 사용했던 소도구나 기재, 그리고 나와 A짱이 가져온 사적인 물건이나 다른 물건들로 넘쳐나고 있었다.

이대로 가면 컴퓨터 주변은 물론이거니와 스튜디오의 수납 공간까지 압박당할 수도 있어서, 우리는 연말이 아닌 신년 대청소에 나선 거다.

"소라, 땡땡이치지 말고 도와줘."

갑자기 그런 말을 들은 나는 등을 쭉 폈다.

A짱은 머리에 삼각 두건을 쓰고 앞치마까지 걸친, 기합을 넣은 차림새다.

여기에 빗자루까지 들면, 완전히 청소 중인 어머니로밖에 보이지 않는다.

“때, 땡땡이치는 건 아니거든~? 조금만 더 따스해지면 시작하려고….”

오늘은 올겨울 중에 제일 춥다고 하고, 어젯밤부터 내리기 시작한 눈이 스튜디오에 올 때까지도 계속 쌓여있었다.

스튜디오에 도착해서 대청소를 시작했지만, 물건을 나르기 위해 문을 몇 번이나 여닫고 있어서 방이 좀처럼 따스해지지 않는다. 그래서 나는 코트를 벗지도 못하고 있었다.

“흐~응… 헤에….”

A짱이 극한으로 차가운 시선을 내게 보냈다.

“그럼 어째서 컴퓨터 앞에 앉아있는 걸까?”

“우, 우연히 사진 정리를 하고 있었던 거야. 하하하….”

컴퓨터에 보존된 사진을 바라보고 있었으니까 거짓말은 하지 않았다.

다만 이 폴더에 들어있는 사진은 어느 것도 중요하니까 삭제할 생각은 없지만!

“정말~ 안키모도 노력하고 있는데!”

『나, 나는 신경 쓰지 않아도 돼….』

안키모는 바닥에 파묻힐 뻔하면서도 골판지 상자를 나르고 있었다.

그렇게나 부드럽고 작은 몸인데도 의외로 힘이 있는 모양이다.

고마워, 안키모! 나중에 잔뜩 폭신폭신 끌어안아 줄게!

"…그래서, 사진 정리였던가?"

"응응! 막상 청소를 시작하면 말이지… 어린 시절에 읽었던 만화라든가 초등학교 중학교 때의 졸업 앨범 같은 걸 읽기 시작하게 되잖아?"

"아~ 확실히 그런 일이 흔할지도."

A짱도 그리움에 잠기게 됐는지 나와 함께 컴퓨터 화면을 들여다봤다.

화면에 표시된 『추억의 사진 폴더』에는 과거 1년 반 동안의 기록이 남아있었다.

"우와아…. 이건 데뷔 전의 사진이잖아?"

"응응! 아직 아무것도 정해지지 않았을 때의 사진!"

내가 폴더 안에서 사진 한 장을 선택했다.

그건 방과 후의 교실에서 A짱과 함께 셀카로 찍은 사진이었다.

교복 차림의 우리가 웃으면서 찍혀있고, 그곳에 『데뷔 결정!』이라는 컬러풀한 글자로 데코레이션 되어있다.

내가 봐도 웃음이 눈부신, 희망으로 넘치는 한 장이다.

"A짱이 생방송을 하자는 말을 꺼냈을 때는 놀랐었지~."

"그거라면 소라가 아이돌을 지망한다는 걸 알게 된 내가 더 놀랐어."

데뷔가 정해질 때까지의 경위는 지금 돌아봐도 신기할 정도다.

나의 꿈이 모든 것의 발단이지만, A짱과 만나지 않았다면 처음 한 걸음을 내디디지 못했을 거다.

나의 꿈은 아이돌이 되어 요코하마 아레나에서 라이브를 하는 것.

맨 앞줄에서 소라가 노래하는 모습을 보고 싶다— 태어나서 처음 본 라이브에 대한 감상을 말할 때 들은 엄마의 말이 모든 것의 시작이었다. 나 자신도 노래하는 걸 좋아했으니까, 순식간에 그럴 마음을 먹었다.

그러나, 구체적으로 행동에 들어가지는 않았다.

예능 사무소의 오디션을 받아본다든가, 노래 콘테스트에 출전한다든가… 그런 게 떠오르지 않았다.

나는 스스로에게 자신감이 있는 타입은 아니다.

아무런 개성도 없는 자신이 할 수 있는 건 없다…. 무의식적으로 그렇게 정해두고, 마음 어딘가에서 겁을 먹고 있었을지도 모른다.

그런 상황을 돌파할 계기를 준 것이, A짱이었다.

“설마 소라가 아이돌을 지망하고 있었을 줄이야…. 뭐, 어렴풋이 눈치채고는 있었지만.”

“어?! 눈치채고 있었어?!”

놀란 내 표정을 본 A짱이 히죽히죽 웃었다.

“눈치챘다고 해야 할지, 분명 잘 어울리지 않을까… 그렇게 생각했었어. 소라는 노래하는 걸 좋아했고, 반의 분위기 메이

커라는 느낌이라 주변을 웃게 만드는 힘이 있어 보였으니까. 만약 내가 아이돌 사무소의 프로듀서였다면 분명 소라를 스카우트했을 거야."

"그, 그런가아…. 에헤헤~♪"

그렇게 칭찬해 주면 나도 그만 그런 마음이 들게 된다.

"그래도, 설마 구체적인 건 전혀 진행하지 않고 있었다니…."

"으극?!"

들떠 있던 나의 마음에 A짱의 말이 꽂혔다.

실제로 나는 처음부터 그녀에게 의지하기만 했다.

A짱은 뮤직비디오… MV 제작에 흥미가 있었는지 동영상 촬영과 편집, 인터넷에 공개하는 방법을 알고 있었다.

그런 그녀가 고등학생에게도 가능한 아이돌 활동으로 제안한 것이, 동영상 스트리밍 서비스를 이용한 생방송이었다.

게다가 A짱은 고등학생인데도 제대로 홀로라이브 운영에게 연락까지 해가면서 스튜디오나 기재를 빌리고 싶다는 이야기를 꺼냈다. 그 덕분에 우리는 지금도 이렇게 스튜디오를 쓰고 있다.

"그때는 정말로 큰 도움이 됐습니다…."

"후후후, 천만의 말씀."

그렇게 시작된 활동이지만, 이게 또 첩첩산중이라고 할 수밖에 없었다.

"이건… 처음 생방송을 했을 때의 사진이네!"

"처, 처음… 으극?!"

피사의 사탑을 쓰러뜨리려고 하는 토키노 소라…라는 의문스럽기 그지없는 사진이지만, 이것에 격하게 반응한 건 A짱 쪽이었다.

"자신의 미숙한 기술이 선명하게 전해져서 부끄러워!"

"A짱, 굉장히 허둥대면서 컴퓨터를 조작했었지. 내 쪽도 말이 없는 시간이 길어서 나중에 생방송을 본 엄마가 걱정했었고…."

2017년 9월에 진행된 기념할 만한 첫 생방송은 『니코니코 생방송』이라는 동영상 스트리밍 서비스를 이용했었다.

말 없는 타임도 있었고, BGM도 없고, 어색하기 그지없던 생방송이어서, 엄마나 친구들 등등 나를 아는 사람들을 제외하면 보러 와준 시청자는 당시에 고작 13명밖에 없었다고 한다.

풍문에 따르면, 그 13인의 시청자는 『원탁의 기사』라는 멋진 이름으로 불린다고 하는데… 내게는 지금도 소중한 소라토모들이다.

"처음 시작했을 때 소라는 어땠어?"

A짱이 묻자, 나는 당시의 일을 떠올렸다.

"뭐랄까, 굉장히 긴장하고만 있었어~. 기획을 제대로 진행할 수 있을지, 생방송을 마지막까지 마칠 수 있을지 언제나 불안하게 생각했었고…. 게다가 그때는 지금처럼 똑같이 활동하는 친구도 없었으니까…."

"그 시절에는 아직 버츄얼 유튜버라는 호칭도 전혀 침투하지 않은 시기였으니까. 다른 VTuber와 알게 되는 것도 꽤 어려웠고…. 애초에 우리는 유튜브에서 활동하지도 않았잖아.”

“그랬었지~. 그립네.”

우리가 유튜브에서 활동하게 된 건 VTuber 붐이 일어나기 시작한 12월에 돌입하고 나서부터다.

활동 자체를 시작한 건 빨랐지만 유행에는 대놓고 뒤처진… 그런 미묘한 위치였다는 걸 기억한다.

그리고 우리는 활동 초기부터 커다란 벽에 맞닥뜨렸다.

그건 데뷔 전부터 느끼고 있던『개성 없음』이다.

개성적인 VTuber들이 차례차례 데뷔하는 가운데 자신의 강점이 무엇인지도, 어떤 식으로 자신을 어필해야 좋을지도 몰라서, 당시의 나는 자신이 마치 물처럼 무색무취하구나… 라고 고민하고 있었다.

하지만, 그럴 때 도와준 것이 A짱이었다.

“피아노를 치면서 노래를 부르자고 말했을 때는 놀랐었지~.”

“소라를 알리기 위해서는 특기인 것부터 하는 게 최고니까. 게다가 노래를 부르는 VTuber는 많지만, 피아노를 치면서 노래를 부르는 사람은 의외로 드물지 않을까 싶었거든.”

“확실히!”

그런 A짱의 계획 덕분에 나는 피아노를 치면서 노래를 부르는 모습을 생방송에서 보여주게 됐고, 게다가 그 기획이 대성공! 그 뒤로 피아노를 치면서 노래 부르기는 소라토모들에게 호평 받는 정기 기획이 됐다.

리퀘스트를 모집하거나, 노래에 관한 생각이나 단편적인 지식을 말하거나, 모두와의 대화를 즐길 수 있는 즐거운 기획이라고 생각한다.

처음에는 피아노를 배울 때 익혔던 클래식 연습곡이 많았지만, 이후에는 레퍼토리도 점점 늘어나서 좋아하는 보컬로이드 곡도 들려줄 수 있게 됐고, 나아가서는 생방송에서 풀 연주를 할 수 있게 됐다.

그 뒤로 계절마다 하는 이벤트에도 많이 도전했다.

"오오~! 이것도 그립네!"

나는 여러 의상을 입고 있는 사진을 클릭했다.

최근에도 입고 있는 것부터 한정된 이벤트에서만 입는 것까지 다양하다.

"그거라면 이쪽에 실물이 있어. 작년과 재작년의 의상이야."

A짱이 바퀴가 붙은 이동식 행거를 끌고 왔다.

그곳에는 이벤트마다 추가된 다양한 의상이 걸려있었다.

나는 그중 하나를 들었다.

"이건… 핼러윈 의상이네!"

검은색과 오렌지색의 컬러링이 그야말로 핼러윈답다. 생방송 때는 분위기에 맞춰서 은색 가발을 쓰거나 페이스 페인팅을 그리는 등 굉장히 두근두근했던 게 기억난다.

"안키모가 처음 왔던 것도 핼러윈이었지."

"그때는 아직 이름도 정해지지 않았었던가."

"나도 설마 안키모라는 이름이 될 줄은 몰랐어. 애초에 안키모는 여자아이라고 생각했었고. 그런데 말을 시작하니까 『보쿠*』라고 말하고, 액션 게임이나 FPS도 나보다 잘하고…."

(*주석#2 보쿠(僕, ぼく): 주로 남자가 쓰는 1인칭 대명사.)

그런 안키모도 지금은 완전히 토키노 소라 채널의 마스코트가 됐다.

동영상 촬영이나 생방송 때 플레이할 게임도 골라주고, VR 호러 게임 때는 하늘의 목소리로 서포트해 주고, 현재 진행형으로 스튜디오 대청소를 도와주고 있으니까… 그야말로 그늘 속의 조력자다.

"그리고… 이건 크리스마스 의상이네."

나는 산타클로스를 이미지한 빨간 의상을 손에 들었다.

A짱이 감회가 깊다는 듯 고개를 끄덕였다.

"돌이켜보면, 그 생방송은 정말 대단했지."

"응응! 다들 갑자기 나를 『엄마』라든가 『누나』라고 부르기 시작했는걸! 뭐, 동생이 있으니까… 현실에서도 누나이긴 하지만, 그건 그렇다 치더라도 엄마라니…."

"기특하게 노력하는 소라의 모습은 전부터 호평이었지만, 설마 모성을 알아보는 사람이 나타나는 건 예상 밖이었어. 그래서 나도 모르게 검증 영상을 만들었지 뭐야. 그건 내가 생각해도 파인 플레이였다고 생각해."

A짱이 만들어 준『토키노 소라는 엄마인가? 누나인가?』라는 검증 동영상은 많은 사람이 보면서 수많은 소라토모와 만날 계기를 만들어 줬지만, 당시의 우리는 그런 걸 알 도리가 없었다.

'개성이 없다는 고민이 줄어든 것도 그때가 계기였지.'

엄마, 누나, 선생님, 소꿉친구… 소라토모들은 나를 여러 방식으로 부른다.

그 덕분에 토키노 소라를 보는 방식이나 즐기는 방식은 사람마다 다르고 나 자신에게도 여러 면이 존재한다는 걸 알게 됐다.

무색무취한 물 같은 게 아니다…. 나에게도 자신다움이 있다는 걸 알 수 있었기에, 지금은 소라토모들에게 여러 호칭을 듣는 게 기쁘다.

"최근의 소라는 엄마라든가 누나라는 이미지보다는 덜렁거린다든가 덤벙댄다든가 그런 이미지가 더 강하긴 하지만."

A짱이 "이거 원…."이라고 말하려는 듯이 한숨을 내쉬었다.

"그러는 A짱도 허당 여왕이잖아?"

"허당 여왕 아닙니다."

"그런가아? 은근히 허당 안건이 있었던 것 같은데… 앗! 이거 작년 정월 의상이지?!"

그건 개의 해라고 해서 개를 이미지한 후리소데였다.

목 주변에 폭신폭신한 천이 있어서 따스해 보이고 머리에는 강아지 귀를 붙이는 등 참으로 공들인 의상이지만—.

"후리소데(振り袖)인데 소매(袖)가 없어!! 다들 이 사실을 어떻게 생각해?!"

"소라, 어디를 향해 호소하는 거야?"

"소라토모들에게 텔레파시라도 전해지려나 해서…."

나는 소매가 없는 후리소데로 시선을 되돌렸다.

"MV에서는 은근히 소매가 있는 옷을 입지만, 생방송에서는 전부 소매가 없는 의상이잖아…. 그보다, 디자인 단계에서부터 소매가 존재하지 않는다고나 할까, 소매를 붙여줬으면 좋겠다는 내 의견이 어느새 무시당하고 있다고나 할까…."

"호러 게임에서 팔은 떨어지는 법인 것처럼, 토키노 소라의 의상에서도 소매는 빠지는 법이니까… 눈눈."

"앗, 그 말, 나를 흉내 낸 거구나~! 게다가 얼버무리고 있고~!"

나는 울컥울컥 화를 내면서 후리소데(소매 없음)를 행거로 되돌렸다.

다음으로 집어 든 건 초기 의상의 반짝반짝 버전이라 부를 수 있는 것으로, 물음표 마크가 붙어있는 빨간 실크해트와 세트였다.

"으음… 이건 미러티브 Q에서 입었던 의상이구나!"

"소라, 그때는 정말로 애썼지."

그건 라이브 스트리밍 앱『미러티브』에서 진행했던 퀴즈 기획『미러티브 Q』에 사회자로 참가했을 때의 이야기다.

당시에 나는 처음 경험하는 중대한 일이라 굉장히 긴장하고 있었다. 새로운 분야에 도전하기 위해 외부에서 들어온 광고를 받아들이기로 한 거다.

그렇게 시작한 미러티브 Q였지만, 앱 문제로 정답자 대부분이 탈락해 버리는 사고가 발생! 외부 일이라서 A짱에게도 의지하지 못한 나는 점점 마음이 초조해져서 울 것 같은 마음으로 사회를 이어갔다.

그때는 아무튼 끝내는 것만 생각하며 최선을 다했던 것만 기억한다.

그런 긴급 사태 중에서도 기뻤던 것은, 놀랍게도 퀴즈 문제를 모두 맞힌 참가자가 나타났다는 것. 그것도『레오니다스』라는 강해 보이는 이름을 가진 인물이라, 소라토모들 사이에서는 전설적인 존재가 됐다고 한다….

"사회를 보고 있을 때는 어떻게든 참을 수 있었지만, 반성회를 할 때는 눈물이 멈추지 않게 돼서…. 긴장이 풀리니까 역시 마음이 느슨해지네."

"아니, 나도 그건 울어도 된다고 생각해."

A짱이 다정하게 타이르듯이 말했다.

"소라에게는 좋은 경험이 되지 않았을까? 그 후로 소라는 사회자 일도 할 수 있게 됐고, 갑작스러운 트러블에도 대응할 수 있게 됐으니까."

“에헤헤, 그렇게 칭찬하니 쑥스럽네~.”

실제로 외부 일을 나갈 때 차분하게 할 수 있게 된 건 확실하다.

나 자신도 그런 일에 좀 더 도전해 보고 싶다고 생각하고 있다.

“그리고, 그다음이 이건가….”

A짱이 행거에서 따스해 보이는 동복을 손에 들었다. 그건 작년 밸런타인데이 때 입은 의상으로, 따스해 보이는 모피 코트에 핑크색 스웨터와 체크무늬 스커트라는 조합이다.

그 의상을 본 나는 저도 모르게 눈을 반짝반짝 빛냈다.

“소매가 있어! 소매가 있어, A짱!”

“신의 변덕인가 보지.”

“후후후, 좀 더 소매를 붙여줘도 된다고?”

“그건 내가 어떻게 할 수 있는 범위가 아니니까~.”

작년 밸런타인데이 생방송 때는 여러 시추에이션으로 초콜릿을 건네는 연기에 도전했었다.

대사나 연기의 리퀘스트도 완전히 공식 기획처럼 되어버려서, 나도 다양한 캐릭터나 시추에이션을 연기하는 즐거움을 배웠다.

“이제는 손가락에서 하트형 빔도 나가게 됐잖아.”

나는 양손으로 더블 V를 그렸다.

여느 때처럼 『푸슉!』 해봤지만, 생방송 중은 아니니까 빔은 나오지 않았다.

“그건 나도 즐기면서 나가게 하고 있어.”

A짱이 떠올린 듯이 키득 웃었다.

“절분 때는 손가락에서 콩이 튀어나가기도 했었지.”

“A짱의 버츄얼 기술도 나날이 진화하고 있네.”

“운영에서도 협력해 주고 있고, 나도 항상 공부하고 있으니까.”

A짱이 안경테를 손가락으로 슬쩍 들어 올렸다.

조금 의기양양해 보이는 것이, 절친인 내가 봐도 굉장히 귀엽다.

“앗! 이건 고양이 변신 세트네!”

나는 밸런타인데이 의상을 행거에 돌려놨다.

그리고 고양이 귀 카추샤, 발바닥 젤리가 붙은 글러브, 폭신폭신한 부츠, 리본이 달린 커다란 방울 세트를 손에 들었다.

하얗고 폭신폭신해서, 만지고만 있어도 치유된다.

“이것도 기억 나네~. 2월 22일『고양이의 날』생방송 때 입었던 거네. 목소리로 조작하는 게임이라서 냐아~ 냐아~ 거렸던 거라든가, 고양이 속담을 공부하는 동영상 때도 입었지~.”

“소라는 전부터 고양이가 되고 싶다고 말했으니까.”

“내가 되고 싶다고 말한 건 리얼한 고양이였던 것 같은데?”

“자자, 소라도 꽤 즐겼잖아.”

“확실히 굉장히 마음에 들긴 했지만, 왠지 어물쩍 넘겨버린 것 같은 기분이….”

내가 진짜 고양이가 될 수 있는 날은 언제가 돼야 찾아올까?

고양이 애호가로서 그날이 몹시 기다려질 따름이다.

‘조만간 A짱한테도 고양이 세트를 입힐 수 없을까….’

내가 몰래 그런 걸 꾸미고 있을 때였다.

“그리고… 새 의상이 발표된 것도 이 이후였지!”

“응응. 5월 생방송이었지.”

버츄얼 아이돌로 데뷔하고 나서 한동안 나는 물색을 기조로 한 의상으로 활동하고 있었다. 그게 하늘색의 새 의상으로 바뀐 건 2018년 8월 5월. 스테이지 의상 같은 걸 의식한 화사한 디자인이 소라토모들에게도 호평을 받아서 기뻤던 게 기억난다.

“첫 의상도 왠지 그립네~.”

나는 물색을 기조로 한 소매 없는 의상을 들었다.

이 의상도 가슴팍의 리본이나 머리핀의 색이 변하는 등 몇 번의 마이너 체인지를 반복하면서 입었다. 활동한 시간의 절반 가까이 함께해 와서, 그만큼 내 추억도 크다.

이런 소중한 걸 확실하게 관리해 두기 위해서라도, 대청소를 깔끔하게 해야겠지…. 그렇게 생각하면서, 나는 다음 의상을 들었다.

“다음 의상은… 이건가아!”

이건 고구마 같은 색을 한 소매 없는 체육복이었다. 게다가 스커트 아래에 바지를 입는 기발한 스타일이고, 세심하게도 끄트머리가 빨간 실내화까지 세트로 준비되어 있었다.

"이건 제스처 게임 때 입었던 거네."

제스처 게임이란, 소라토모들에게 문제를 모집해서 내가 몸의 움직임만으로 문제 내용을 전달한다는 인기 기획이다.

"이 기획, 난 좋아했어~. 소라토모들도 굉장히 정답을 맞혀줬고!"

"소라는 가끔 BGM이나 효과음까지 입으로 꺼내기도 했지."

"그, 그랬었나아~?"

나는 그렇게 얼버무리면서 소매 없는 체육복을 행거에 걸었다.

"이걸로 활동 1년 차에 활약했던 의상은 마지막인가?"

"세세한 장식품이나 소도구는 그 밖에도 이것저것 있지만…. 그나저나 소라의 의상을 새삼스레 돌아보니, 상당히 많네. 앞으로도 늘어날 걸 생각하면, 수납공간도 확실히 고려해야겠어…."

A짱이 으으음, 하고 복잡한 표정을 지었다.

나는 컴퓨터 화면으로 시선을 돌렸다.

"A짱! 여기부터는 호러 게임 사진이야!"

"아아아… 벌써 그쪽 부분인가…."

A짱이 눈을 가늘게 뜨며 컴퓨터 화면을 바라봤다.

밸런타인데이 생방송을 전후해서, 나는 동영상이나 생방송 기획으로 여러 게임을 플레이하게 됐다.

A짱과 안키모가 고른 게임은 배리에이션이 풍부해서, 내가

처음 듣는 것도 많았다.

캐릭터가 귀여운 리듬 게임, VTuber들 사이에서 화제가 됐던 초고난도 액션 게임, 문제에 따라 그림을 그리는 브라우저 게임, 엄마가 돼서 아기를 돌보는 시뮬레이션 게임 등등…. 어느 것도 재미있었다고 기억한다.

그런 가운데 새로 추가된 것이, 내가 좋아하는 호러 게임이었다.

"설마 A짱도 같이 플레이하게 될 줄은 몰랐어~!"

"나도 몰랐어!"

"처음에는 나 혼자서 호러 게임을 했는데, A짱은 옆에서 보고만 있었는데도 깜짝 놀라서 목소리를 냈었잖아."

"뭐, 저질러 버렸던 건 그것뿐만이 아니었지만…."

A짱이 현실 도피하듯이 먼 곳을 응시했다.

동영상 촬영 중에 저질러 버린(?) 그녀는, 운영의 제안을 받아서 나와 함께 호러 게임을 플레이하게 됐다.

A짱의 대절규는 소라토모들 모두에게 대호평이어서, 그 후로 나와 함께 종종 호러 게임을 플레이하게 됐다.

그런 일을 거쳐서, A짱은 동영상이나 생방송에도 등장하게 됐다.

게다가 홀로라이브 후배들을 서포트 하거나, 그렇게나 안 한다고 했던 트위터 계정을 개설해서 나나 VTuber들과 이야기를 나누게 되기도 했다.

"그 잠깐의 비명이 모든 것의 시작이었다고 생각하니, 감회가 깊네."

나는 응응, 하고 고개를 끄덕였다.

"게다가 비명을 지르는 A짱, 귀여웠으니까~♪"

"아니, 귀엽다거나 그런 문제가 아니거든…. 애초에 나는 후방 담당이고…."

A짱이 쑥스러운 듯 살짝 뺨을 붉혔다.

나는 그런 그녀의 뺨을 손가락으로 쿡쿡 찔렀다.

"에헤헤. 나는 A짱과 같이 이것저것 하는 게 기쁜데?"

"소라는 이미 VTuber 친구가 잔뜩 있잖아!"

"A짱은 별도니까♪"

아무튼 VTuber 친구가 늘어난 건 확실하다. 게다가 호러 게임을 함께 플레이할 수 있게 된 사람도 많다.

그럴 때 나는 대부분 해설 담당으로 서포트한다. 이건 A짱과 함께 호러 게임을 플레이할 때와 같은 스타일이어서, 그 경험이 활용되는 거겠지.

"최근의 소라, 여자아이의 비명을 먹고 있다는 말을 듣고 있으니까…."

"그, 그렇지는 않은데~? 다들 즐겁게 즐겨주기를 바랄 뿐이거든~?"

"그렇게 말하면서, 비명이 근사한 VTuber를 모집하고 있잖아?"

"그건, 그게… 리액션이 확실한 사람일수록 제대로 즐기고 있다는 걸 알기 쉽고, 소라토모들에게도 호러 게임의 무서움이 전해지기 쉽다는 이점이 있으니까!"

내가 그렇게 역설했지만, A짱은 "그래그래." 하고 흘려버렸다.

'진짜로 그렇게 생각하는데….'

호러 게임 사진 다음에는, VTuber들과 콜라보했을 때의 사진이 주르륵 늘어서 있었다.

A짱이 사진을 바라보면서 만감을 담아 중얼거렸다.

"실제로 소라는 정말 친구가 많이 늘었네. 여러 이벤트에도 참가했고…."

"확실히! 이제 양손으로는 꼽을 수 없을 정도야."

VTuber들과 인랑 게임을 하거나, 대규모 게임 대회에 팀을 맺고 참가하거나, 노래방에서 듀엣이나 합창을 즐기거나… 정말로 많은 일을 경험했다.

"앗! 아오이다~♪"

나는 어느 투 샷 사진을 발견하고 저도 모르게 활짝 웃었다.

함께 비치고 있는 건 흑발 포니테일의 미소녀, 네 마음의 응원단장, VTuber 친구인 후지 아오이다.

"아오이는 언제 봐도 귀여워~♪ 게다가 노래도 굉장히 잘 부르고!"

"응응. 그 가성을 들으면 기운이 나지."

생방송에 함께 출연하거나, MV에서 듀엣을 부르거나, 촬영이 끝난 뒤에는 A짱도 포함해서 식사도 하고… 우리는 어느새 서로를 『진정한 버디』라고 부를 정도가 됐다.

나와 아오이의 조합은 소라토모들 사이에서는 『소라아오』라고 불리며 다들 고귀… 아니, 테에테에*한 감정을 품게 된다고 한다. (*주석#3 테에테에: 고귀하다는 뜻의 일본어, 토우토이(とうとい)의 발음을 뭉개서 만들어진 용어. 둘 이상의 VTuber들이 사이좋게 지내는 상황을 의미한다.)

"소라에게 좋은 친구가 생겨서 정말 다행이야."

A짱이 딸을 걱정하는 엄마 같은 소리를 했다.

"서로를 끌어올리는 관계라고 해야 할까…. 그 뒤로 소라도 노래 연습에 지금까지 이상으로 집중할 수 있게 된 것 같으니까."

"응! 맞아!"

실제로 아오이와의 듀엣은 굉장한 자극이 됐다.

"불러보았다 동영상을 볼 때도 느끼는 거지만, 같은 곡이라도 해석 방식이나 표현 방식에서 개성이 나오잖아?"

"응응. 나도 동영상 편집에 참고하려고 자주 보니까 알고 있어."

"함께 노래를 부르면 그런 걸 더 잘 알 수 있게 돼! 표현력의 높이라든가, 본래 가진 음량의 크기라든가, 음정 잡는 법이라든가 음역의 폭이라든가… 그런 기본이 중요하다는 걸 알게 됐어."

VTuber로 활동하기 전, 나는 그저 피아노를 조금 치고 노래를 좋아하는 사람에 불과했다.

본격적인 보이스 트레이닝을 받은 적은 없었고, 애초에 노래를 잘 부르기 위해 프로의 지도를 받는다는 발상조차 들지 않았다.

그 결과, 내가 soraSong 『꿈빛 애스터리스크』를 불렀을 때 소라토모들이 내 목 상태를 걱정하게 됐다.

게다가 작곡가에게까지 "토키노 소라에게 그런 고음의 곡을 제공하다니!"라며 비난의 목소리를 냈다고 들었다.

소라토모들이 목 상태를 걱정하거나, 작곡가에 대한 비난의 목소리가 나오게 할 수는 없다. 폭넓은 음역의 목소리를 낼 수 있게 돼서 여러 노래를 부르고 싶다. 그때부터 나는 한층 진지하게 생각하게 됐다.

그렇게 해서 도달했던 해답 중 하나가, 대인기 보컬로이드 곡 『태양계 디스코』를 불렀던 동영상이다.

『태양계 디스코』는 익히기 쉬운 곡조이지만 원곡 키로 부르는 건 굉장히 어렵다. 이건 보컬로이드 곡의 특징 중 하나인 『실제 인간은 제대로 낼 수 없을 정도의 고음 보이스』를 최대한 살린 곡이기 때문이다.

그러나 어렵기 때문에 끝까지 불렀을 때의 고양감도 대단하고, 게다가 『태양계 디스코』를 불렀던 MV는 유튜브에서 순식간에 100만 재생을 기록! 내 채널에서 처음으로 밀리언을 달성한 동영상이 됐다.

재생수가 모든 것의 지표가 되는 건 아니지만, 그래도 역시 많은 사람들이 시청해 줬다는 건 자신감으로 이어졌다.

"그때 A짱은 동영상 편집뿐만 아니라 백 코러스로 목소리도 넣어줬잖아."

"그거 말인가아…."

A짱이 당시의 일을 떠올리며 쓴웃음을 지었다.

"레코딩 스튜디오의 스태프가 『밸런스상 백 코러스에 낮은 목소리가 필요하다.』라고 말 했으니까, 그럼 나밖에 할 수 있는 사람이 없잖아…. 그런 고육지책이었는데 말이지."

"그런데 정말로 해버렸으니까, A짱은 역시 대단하네~."

"아니아니…. 소라야말로, 그 난이도 높은 악곡을 마스터했으니까 대단하다고 생각해. 덕분에 오리지널 악곡을 제공받았을 때도 당당하게 받아들일 수 있게 된 거잖아?"

"확실히, 그런 면이 있었던 것 같아."

고맙게도 보컬로이드P와 콜라보를 해서 오리지널 악곡을 부를 기회가 몇 번 있었다. 그럴 때 높은 목소리가 안 나온다거나, 빠르게 노래할 수 없다든가, 그런 자신의 부족함이 원인이 되어 악곡을 부르지 못하는 건 작곡가님에게 미안하다.

그러나 지금은 자신감을 가지고 "어떤 곡이든 도전할게요!" 라고 말할 수 있다.

"아, 이건… 니코생에서 했던 1주년 기념 때 사진이네!"

그곳에는 학교 교실을 배경으로 여러 포즈를 잡고 있는 나와 A짱의 모습이 비치고 있었다.

VTuber의 파도가 밀려온다는 걸 알게 된 우리는 메인 활동 장소를 유튜브로 옮겼지만, 그 후에 다시 니코니코 생방송에 채널을 개설했다. 추억이 깊은 곳으로 개선한 거다.

니코니코 생방송에서는 평소와는 조금 다른 생방송을 한 적도 있다.

친구 VTuber를 게스트로 부르거나, 대대적인 장치가 필요한 기획을 진행하거나, 수수께끼의 스파르타 병사가 배경으로 서 있거나, 때로는 선물 기획 같은 것도 한 적이 있다.

"나랑 소라가 그라비아 촬영회를 했을 때인가…. 아니, 왜 나까지 사진을 찍게 된 건지…."

"A짱과 같이 여러 포즈를 잡는 거, 즐거웠지~♪"

하트 모양을 만들려고 둘이서 크게 양손을 펼쳤는데 일그러진 피망 같은 모양이 되어버린 것도 좋은 추억이다.

"게다가 소라토모들과 A짱한테 롤링 페이퍼로 메시지를 받은 것도 기뻤지~. 그때 둘이서 울 뻔했잖아."

"그건 울 만도 하지. 2인 3각으로 해온 1년이었으니까."

우리가 활동을 시작했을 때, 눈앞에 펼쳐진 건 결코 희망으로 반짝이는 길이 아니었다.

오히려 그 반대라고 해야 할까…. 깜깜한 숲속을 나아가는 헨젤과 그레텔 같은 심경이었던 걸 기억한다.

그러나 새로운 걸 시도하고 싶다, 어제의 자신보다 한 발짝 더 앞으로 나아가고 싶다…. 언제나 그런 걸 생각하며 두근두근하고 있었다.

그렇게 둘이서 앞으로 계속 나아가는 사이, 어느새 앞길에 빛이 보이기 시작하면서 많은 소라토모들이나 VTuber들과 만나게 됐다.

결코 즐겁기만 한 길은 아니었지만, 지금의 우리가 있는 건 이 길을 계속 걸어왔기 때문이다.

"이야~…. 왠지 감회가 깊네."

A짱이 농담조로 말했다.

당시의 일을 떠올리자, 나도 가슴이 벅차올랐다.

이 이상 그리움에 잠겨있다가는 추억에 잠겨서 눈물이 나올 것 같다.

"으음…. 여기서부터는 두 번째 계절 이벤트네."

나는 다시 컴퓨터 화면으로 시선을 내렸다.

핼러윈, 크리스마스, 섣달 그믐날, 정월….

활동 2년 차 이벤트는 나도 기억이 생생하다.

"VTuber 친구인 긴가 아리스랑 같이 라이브를 했고, NHK 버츄얼 노래자랑에도 참가했고, 애니에도 출연했고, 염원하던 메이저 데뷔도 정해졌잖아. 그리고, 그리고…."

"지금은 아직 발표할 수 없지만, 이후의 이벤트도 잔뜩 있으니까."

"으~음. 어서 모두에게 알려주고 싶네~!"

앞으로의 일을 생각하니 벌써부터 근질근질하다.

두근두근해서 견딜 수 없는 이 마음을 지금 당장 모두와 공유하고 싶다.

"자, 그럼. 소라… 사진을 바라보는 건 이쯤 해두는 게 좋지 않을까?"

미래에 대해 생각하던 중, A짱이 갑자기 강한 어조로 말했다.

"…어?"

"대청소, 해야 하잖아?"

"그, 그렇지? 아, 아~앗! A짱, 밖! 밖을 봐봐!"

"아니, 그런 수법에는 안 속거든…."

A짱은 그렇게 말하면서도 자연스럽게 내가 가리킨 창밖을 돌아봤다.

"어라? 조금 멎었나?"

스튜디오에 왔을 때도 내리고 있던 눈발이 어느새 잦아들고 있었다.

이 정도라면 우산 없이 나갈 수 있을 것 같다.

"A짱. 밖에 나가보자!"

"이제 겨우 스튜디오도 따스해졌는데…."

"조금만! 조금만 나갔다 올 거니까!"

나는 A짱을 데리고 바로 스튜디오를 뛰쳐나갔다.

스튜디오 앞 도로에 어젯밤부터 내리던 눈이 쌓였고, 오가는 사람들의 발자국이 수없이 남아있었다. 가로수의 나뭇가지도 눈화장이 돼서, 마치 하얗고 폭신폭신한 솜을 장식처럼 단 크리스마스 트리 같았다.

“모처럼 나왔으니까 공원까지 가보자!”

“뭐, 여기까지 왔으니 어울려 줄게.”

우리는 스튜디오 근처 공원으로 발을 옮겼다.

공원 일대가 모두 눈에 덮여있었고, 근처에서 모인 아이들이 눈싸움을 하거나 작은 눈사람을 만들면서 놀고 있었다.

그 광경을 목격한 나도 무척 들뜨게 됐다.

“좋~아. 나도 눈사람 만들어야지!”

나는 장갑을 낀 손으로 눈을 긁어모았다.

우선 눈으로 작은 공을 만들고, 그걸 눈 위에 굴려서 크게 만들었다.

커다란 공이 두 개 완성됐을 때, 그걸 올려서 눈사람 형태를 완성했다.

“소라, 이거 쓸만하지 않을까?”

A짱이 주워 온 건 낙엽과 도토리였다.

그걸 본 순간, 그녀와 마음이 통한 게 느껴졌다.

“고마워, A짱! 이게 있다면….”

동그란 도토리는 동그란 눈과 작은 코로, 낙엽은 가슴의 명찰로 써서—.

“안키모풍 눈사람, 완성!”

나는 손에 올라가는 사이즈로 만든 눈사람을 들었다.

동그란 귀에, 부푼 입가도 꽤 괜찮게 재현할 수 있었다.

"소라, 굉장하네! 이거 기록으로 남겨둬야겠어!"

A짱이 눈을 반짝반짝 빛내며 스마트폰을 들었다.

나도 해냈다는 표정을 지으며 눈사람과 투샷을 찍었다.

뒤에서 꺼림칙한 목소리가 들린 건 그때였다.

『구…해줘… 구…해줘….』

"흐힉?!"

A짱의 손에서 스마트폰이 미끄러졌다.

나는 바로 돌아봤지만, 그곳에는 아이들이 만든 작은 눈사람이 늘어서 있을 뿐이었다.

그러나 도움을 청하는 목소리는 약하지만 확실하게 들렸다.

A짱이 새파래진 얼굴로 덜덜 떨었다.

"서, 설마…. 겨울 공원에서 조난된 사람의 유령?!"

"A짱, 진정해…. 어라?"

나는 문득 눈사람이 하나 늘어난 것을 눈치챘다.

게다가 그건 안키모와 똑같은 모습을 하고 있었다.

물론 내가 만든 안키모풍 눈사람은 지금도 손바닥 위에 있다.

그렇다면, 새로 늘어난 눈사람의 정체는—.

『소라… A짱…. 나야… 안키모야….』

새로 늘어난 눈사람에서 들려오는 미약한 목소리.

잘 관찰해 보니, 눈사람의 머리에서 인형의 귀가 삐져나와 있었다.

"아, 안키모?! 안키모야?!"

나는 수수께끼의 눈사람에서 눈을 치웠다.

그러자 눈사람 속에서 꽁꽁 얼어버린 안키모가 나왔다.

"괘, 괜찮아? 안키모?! 이렇게 차가워지다니…."

『…두, 두 사람을 쫓아왔는데, 미끄러져서 넘어지는 바람에 눈사람이 되어버렸어. 나는 추위에는 강하지만, 움직이지 못하는 건 곤란하니까.』

안키모(あん肝)는 생각보다 태연해 보였다.

꺼림칙한 목소리의 정체를 알아챈 A짱도 겨우 가슴을 쓸어내렸다.

"간담(肝膽)이 서늘해졌네…. 아니, 이건 말장난을 한 게 아니라 진짜야."

"안키모는 내가 데워줄게."

나는 안키모를 들어서 꼬옥 안아줬다.

그러자 A짱이 내 머리에 묻은 눈을 털어줬다.

아무래도 눈사람 만들기에 집중한 사이에 쌓였던 모양이다.

"소라, 슬슬 스튜디오로 돌아가서 대청소를 시작할까."

"그러자! 이번에는 나도 제대로 힘낼게~. 눈!"

우리는 발걸음도 가볍게 스튜디오로 돌아가는 길을 걸어갔다.

지금쯤이면 스튜디오도 완전히 데워졌을 거다.

안키모를 안고 걸어가면서 의욕이 점점 솟구쳤다.

"기분 좋게 봄을 맞이하기 위해서라도 대청소를 끝내야겠네. A짱!"

"그거라면 처음부터 의욕을 냈어야지. 소라."

"에헤헤, 미안해…. 그만큼 지금부터 정말 힘낼 테니까!"

"골판지 상자를 나르다가 발을 접질리거나 하면 안 돼."

"나도 성장했거든. A짱♪"

나와 A짱은 얼굴을 마주 보며 서로 웃었다.

눈이 쌓인 길에 우리의 발자국이 남았다.

×

계절은 완전히 봄에 접어들어서 따스한 햇살이 많아진 무렵.

스튜디오 근처 공원도 벚꽃이 활짝 피어서, 나와 안키모와 A짱 세 명은 꽃놀이에 나섰다.

공원에는 마찬가지로 꽃놀이를 하러 나온 사람들이나 봄방학을 만끽하는 아이들로 북적였다.

우리도 잔디에 레저 시트를 펼치고 가져온 과자나 음료수를 내려놨다.

그동안에도 머리 위에서 꽃잎이 하늘하늘 떨어졌다.

"벚꽃이 활짝 피어나는 시기에 늦지 않아서 정! 말로 다행이네~."

레저 시트 위에서 A짱이 힘없이 말했다.

나는 과자 상자를 열어서 그녀에게 건넸다.

"올해에 들어서고 나서는 정말로 바빴으니까."

"그래도 노력한 보람은 있었어. 대청소가 끝나서 새로운 기재도 놓을 수 있게 됐고, 소라의 CD 데뷔도 대성공이었고, 게다가 고등학교도 무사히 졸업했고…. VTuber 친구도 많이 늘었고, 홀로라이브의 후배도 생겼고, 소라토모들도 잔뜩 늘어서 활동의 폭도 더 넓어졌잖아!"

A짱이 눈을 반짝반짝 빛내면서 과자를 먹었다.

『자! 두 사람 다 이쪽 봐~.』

안키모가 커다란 카메라를 들고 꽃놀이를 즐기는 우리를 촬영했다.

그야말로 본업 카메라맨인가 싶을 만큼 마구마구 찍고 있어서, 이런 식으로 컴퓨터 안에 있는 사진 폴더에 사진이 늘어나면 나중에 되돌아볼 때 소비되는 시간도 정말정말 길어질 것 같다.

그러나 이것도 소중한 추억이 되겠지.

나는 카메라를 향해 『푸슉!』 포즈를 취했다.

"자자, A짱도 같이!"

"어? 나도 해야 해?"

"모처럼이니까 둘이서 같은 포즈를 잡자!"

나는 당혹스러워하는 A짱의 어깨를 끌어당겼다.

A짱은 부끄러워하면서도 『푸슉!』 포즈를 잡았다.

안키모가 카메라 셔터를 찰칵 눌렀다.

원하는 사진을 찍었는지, 곧바로 씨익 웃었다.

그런 식으로 꽃놀이를 즐기던 내 귓가에, 꽃놀이나 레저를 즐기는 사람들의 즐거워하는 목소리가 들려왔다.

"홀로라이브 애들이나 친구 VTuber들도 부르고 싶었는데~."

나는 활짝 핀 벚꽃을 올려다보며 중얼거렸다.

"모두 함께 꽃놀이를 하면서, 노래방 대회라든가, 게임 대회라든가…."

"아~ 그건 굉장히 즐거울 것 같네."

"생방송을 하는 게 아니니까, A짱도 참가할 거지?"

"응. 좋아. 나는 진행 담당 같은 걸로."

A짱이 마시다 만 캔 주스를 레저 시트에 올려놓고 아련한 눈으로 벚꽃이 흩날리는 광경을 바라봤다.

"사실은 모았으면 좋았겠지만…. 우리도 예전부터 계획하던 게 아니라 우연히 생방송 전에 시간이 남았으니까 왔을 뿐이고…. 애초에 원래는 쌓여있는 동영상을 편집해야만 했는데, 하하하…."

"우리도 매일 즐겁지만, 바쁘긴 하니까. 그런 때야말로 이렇게 가끔 숨을 돌리면서 쉬어줘야지! A짱은 특히 노력가니까."

"아니아니, 소라의 노력에는 밀리지~."

"아니아니아니, A짱이야말로!"

우리는 얼굴을 마주 보고는, 저도 모르게 키득 웃고 말았다.

그때, 안키모의 조금 곤란해 하는 목소리가 들려왔다.

『나, 나는 사진을 찍는 쪽인데~?!』

우리가 눈치채지 못한 사이, 안키모 주변에 인파가 생겨있었다.

움직이고 말하는 곰인형은 버츄얼 세계에서도 꽤 드물다.

꽃놀이로 흥겨워하던 사람들이나 공원에 놀러 온 아이들의 주목을 받은 안키모는, 사방팔방에서 말을 걸어오거나, 휴대전화나 카메라로 찰칵찰칵 사진을 찍히고 있었다.

“안키모, 인기인이네!”

“언젠가 소라도 저런 느낌이 된다거나….”

“어떻게 되려나?”

그런 이야기를 나누는 사이, 안키모도 여기저기 뭉개지면서 인파에서 빠져나왔다.

나는 엉망진창이 된 안키모를 안아줬다.

“어서 와, 안키모.”

『인기인은 내게는 무거운 짐이야….』

“안키모는 내 곰이니까, 억지로 노력하지 않아도 되거든?”

『고마워, 소라. 그래도 나도 내 나름대로 노력해 볼게~.』

기분 탓인지, 안키모가 단호한 표정을 지었다.

거기서 나는 A짱을 돌아봤다.

“그리고, A짱도 내 거니까!!”

“푸하앗?!”

A짱은 마시던 주스를 뿜어버렸다.

"그렇게 기합을 넣어서 주장하면 깜짝 놀라거든?"

"A짱. 최근 여러 곳에 얼굴을 내밀고 있고, 게다가 수많은 VTuber들과도 친해졌잖아…. 이쯤에서 다시 한번 주장해 두지 않으면, 누군가에게 빼앗길지도 모르는걸!"

"거기서는 절친을 믿어줘야지…. 그보다도, 단순한 질투야?"

A짱의 질문에 나는 "눈!" 하고 고개를 끄덕였다.

그런 내 머리를 A짱이 토닥토닥 두드렸다.

"그래그래. 오늘은 나를 독점해도 되니까."

"와~아♪"

"그 대신…."

A짱이 히죽히죽 웃으면서 스마트폰을 꺼냈다.

"꽃놀이를 즐기는 소라에게, 새해 포부라도 물어보기로 할까?"

"에엑~? 혹시 녹화할 거야?"

"후후후. 내가 단순히 숨돌리기만 하려고 꽃놀이에 나온 줄 알았어? 모처럼 오게 된 로케이션이니까, 동영상 하나라도 찍어야지. 게다가 봄은 새로운 생활이 시작되는 계절이니까, 포부를 묻기에는 딱 좋지 않을까?"

"…확실히! A짱, 역시 이것저것 생각하고 있네!"

갑작스러운 동영상 촬영에는 놀랐지만, 이것도 역시 나를 가장 우선해서 생각한 끝에 나온 아이디어다.

…그렇지만, 갑작스럽다는 건 변함없다.

나는 안키모를 내려놓고 황급히 앞머리를 손가락으로 빗어서 정돈했다.

"이, 이상하지 않지?"

"안 이상해 안 이상해."

A짱이 무척이나 싱글벙글하고 있다.

"소라토모들에게 소라의 새해 포부, 잘 부탁해."

"새해 포부라…."

나는 머리를 감싸 쥐며 으~음, 하고 고민했다.

"꿈은 변함없이 요코하마 아레나지만… 그게 포부라면 안 되겠지?"

"그건 최종 목표니까."

"그럼… 역시 내가 생각하고 있는 건 하나네. 앞으로도 모두와 즐겁게 활동하고 싶다는 것이려나. A짱과 안키모, VTuber 친구들과 홀로라이브 후배들… 물론 소라토모들과도 함께 노력하고 싶으니까, 앞으로도 저를 응원해 주면 기쁠 것 같아요!"

우리뿐만 아니라 모두가 함께 내달려 온 1년 반.

이런 즐거운 시간이 언제까지고 이어지면 좋겠고, 우리를 응원해 주는 소라토모들도 마찬가지로 즐거운 일상을 보내고 기운을 받았으면 좋겠다고 바라고 있다.

"모두 즐겁고 행복하고 반짝반짝한 1년이 되기를!"

이 마음은 분명 닿을 거다.

나는 그런 멋진 예감을 느끼고 있었다.

"갑작스럽지만, 마음이 잘 전해졌네."

A짱이 흐뭇한 표정을 지었다.

"나도 절친으로서, 후방 담당으로서, 소라토모 제1호로서… 앞으로도 버츄얼 아이돌 토키노 소라를 응원할게."

"앞으로도 잘 부탁해, A짱."

"나야말로, 소라."

나와 A짱은 스마트폰 너머에서 서로 미소 지었다.

그런 우리 사이에서 안키모가 뿅뿅 뛰었다.

『나도 열심히 할 테니까 기대하라고!』

"…좋아, 녹화 종료! 이건 괜찮은 느낌이었네."

스마트폰 화면을 바라본 A짱이 만족스럽게 후훗 웃었다.

"마지막에 조금 점프한 안키모의 얼굴이 크게 비치고 있어."

"보여줘 보여줘!"

나도 그만 신경 쓰여서 A짱의 스마트폰을 들여다봤다.

말을 잘했는지도 신경 쓰여서, 화면을 터치해 동영상을 처음으로 되돌렸다.

"아앗――?!"

그 순간, 나는 공원에 있는 모든 사람들이 돌아볼 정도의 목소리로 외치고 말았다.

동영상에 비치는 내 머리에, 꽃잎이 몇 개 달라붙어 있었다.

그걸 눈치채지 못하고 새해 포부를 말하고 있었다니… 이건 부끄러워!

"A짱, 알면서 녹화하고 있었지! 다시 찍자~!"

뒤늦게 부끄러워져서 뺨이 뜨거워졌다.

A짱은 그런 나를 제쳐놓고 스마트폰을 살짝 조작했다.

"이건 이것대로 괜찮잖아…! 자, 트위터에 업로드 완료."

"으그극, A짱의 계정에까지 손댈 수는 없어…."

이렇게 되면 나도 최종 수단에 나설 수밖에 없다.

나는 A짱의 어깨를 두드리면서 귓가에 살며시 속삭였다.

"A짱, 호러 게임형이야."

"에엑?! 그, 그것만큼은 용서해 주세요…."

"오늘 생방송에서 소라토모들한테 판결을 부탁할 거니까~."

"그거, 무조건 해야 할 게 뻔하잖아~!!"

이번에는 A짱의 절규가 공원 전체에 울려 퍼졌다.

나는 한 방 먹여준 것에 만족해서, 부르르 떨고 있는 A짱에게 매운 스낵 과자를 먹여줬다.

그러자 아까까지 침울하게 있던 A짱이 바로 웃음을 되찾았다.

"매워! 맛있어!"

"그럼 꽃놀이를 계속할까♪"

벚꽃잎이 춤추는 맑은 하늘이 우리를 응원해 주는 게 느껴진다.

언젠가 꿈은 이루어진다…. 그런 마음을 가슴에 품고, 지금 이 순간을 전력으로 즐기자.

그런 긍정적인 마음이 드는 새로운 계절의 시작이었다.

당신의 마음은…

「흐림 뒤 맑음!」

라이트노벨 출장판

홀로라이브 편

어느 황야에 있는, 언제나
외톨이인 고물 로봇.
많은 사람들과 교류하며
매일 즐겁게 지내는 것이 목표.

Twitter▶ @robocosan

YouTube 채널 ▶

소라토모 네임: **로보코 씨**

하로~보~! 고성능 로봇, 로보코야.
나, 최근 운이 없어서 곤란해;;
포켓몬 대회에서는 확률이 낮을 텐데 연속으로 가위자르기에 얻어맞질 않나, 중요한 촬영이나 DJ 이벤트를 앞두고 버츄얼 인플루엔자에 걸리기도 하고….
아, DJ 때는 아슬아슬했지만 힘냈어! 즐거웠어! 그런고로… 어떻게 해야 운이 좋아질까?
소라짱, 가르쳐줘~.

Answer

아니아니, 그렇게 핀 포인트로 무슨 일이 일어나다니, 어느 의미로는 대단한 운이라고 생각해~!
게다가 그런 '가지고 있는' 에피소드가 여러 사람에게 알려지면 로보코의 팬이 늘어나기도 할 거고, 아슬아슬하게 극복하고 있다면 분명 괜찮을 거야.
그래도 버츄얼 인플루엔자는 괴로우니까, 밤샘은 적당히….
감기 조심하면서 서로 건강하게 활동하자!

당신의 마음은…

「흐림 뒤 맑음!」

라이트노벨 출장판

홀로라이브 편

전뇌 세계에 사는 엘리트 무녀 (❀ㅎ ㅎ)9✧
식신인 킨토키와, 전뇌신과 함께 살고 있다.
"세끼 밥보다 붕어빵과 미소녀가 좋아."

Twitter▶ @sakuramiko35

YouTube 채널 ▶

소라토모 네임: 사쿠라 미코

냐하로~! 소라 선배에게 상담할 게 있습니다!

저기, 그게, 귀여운 여자아이 앞에 서면… 아무래도 『여러모로』 의식하게 돼서 말이 잘 나오지 않아요….

그래도 홀로 애니의 주연이니까 어떻게든 여유가 있는 평소의 **엘리트** 무녀가 되고 싶어요! 어떻게 해야 소라 선배처럼 여자아이와 여유롭게 이야기할 수 있을까요?

Answer

여러모로? 라니 뭘까…. 미코가 자주 말하는 화로와 관련 있는 걸까?
여자아이는 다들 귀여우니까, 물론 엘리트 무녀인 미코도 굉장히 귀여워. 자신감을 가져도 되지 않을까? 그리고 귀여운 아이한테는 "옳지옳지" 해주고 싶어지잖아?
미코도 일단 "옳지옳지" 해보자! 그러면 분명 친해질 수 있을 거라고 생각합니다!

당신의 마음은…

「흐림 뒤 맑음!」

라이트노벨 출장판

Virtual Diva 편

노래를 좋아해서, 노래하기 위해
환생한 Virtual Diva.
버츄얼 코엔지에 거주하는 18세(영원).
좋아하는 음식은 찐빵.
키가 큰 것이 조금 콤플렉스.

Twitter▶ @AZKi_VDiVA

YouTube 채널 ▶

소라토모 네임: AZKi

소라 선배, 상담입니다.

아, AZKi 입니다. 저는 평소에 노래 영상을 올리거나 생방송에서 노래를 부르는데, 노출이 많은 의상이라서 체형 유지에 고생하고 있습니다….

그리고 천이 적어서 춥습니다…. 소라 선배는 체형 유지나 추위 대책은 어떻게 하고 있나요?

Answer

AZKi의 고민, 이해가 가~!　나도 평소 의상은 소매가 없고, 배꼽도 노출돼 있어서 체형 유지에 신경 쓰고 있거든~. 그래도 익숙해지면 이 복장 그대로도 버츄얼 홋카이도에 갈 수 있고, 더위를 타니까 여름에는 쾌적해서 도움이 되는 부분도 있어!　그리고 혹시 너무 많이 먹었다 싶으면 매니저인 츠라니미즈 씨에게 부탁해서 버츄얼 의상의 사이즈를 몰래 조정하자♪　이게 버츄얼 유튜버의 좋은 점…이겠지!

후기

『토키노 소라 버츄얼 아이돌이지만 응원해 주실 건가요?』를 구입해 주신 여러분, 안녕하세요. 토키노 소라입니다! 수많은 책 가운데서 저의 책을 발견해 주셔서 기쁘네요. 감사합니다!

평소에 버츄얼 유튜버이자 아이돌로 활동하는 저의 일상이 이번에 책으로 나왔다고 해서… 솔직히 말하면 굉장히 신기한 느낌입니다!(웃음) 저에게는 A짱이나 안키모와 보내는 평소와 다름없는 일상이니까, 그걸 작품이라는 형태로 보여드리는 건 조금 부끄러운 느낌도 들어서, 서점에 진열된 자신은 어떤 느낌일까…? 그렇게 조마조마하고 있습니다.

저는 노래를 부르거나 좋아하는 호러 게임을 하면서 「요코하마 아레나에서의 라이브」를 목표로 삼고 A짱과 안키모, VTuber 친구들, 홀로라이브 후배들과 함께 즐겁게 지내고 있습니다. 이 책을 읽고 그런 저의 활동 뒷모습이나, 즐거웠던 고등학교의 일상을 함께 체험하는 기분이 드셨다면 기쁠 겁니다.

언제나 응원해 주는 소라토모 여러분도, 이 책을 통해 새로운 저를 알게 된 여러분도, 여기까지 읽어주셔서 정말 감사합니다! 이번 이야기는 여기서 끝나지만, 앞으로도 저는 멈추지 않을 테니까… 응원 잘 부탁해요!

토키노 소라

STAFF

원작·원안

커버 주식회사
토키노 소라
친구A

저자

우즈키 류노스케

일러스트

오르단

디자인

키오 나치(KOMEWORKS)

편집

大竹卓

SPECIAL THANKS

안키모　요조라 멜　아키 로젠탈
아카이 하아토　시라카미 후부키　나츠이로 마츠리
미나토 아쿠아　무라사키 시온　나키리 아야메
유즈키 초코　오오조라 스바루　오오카미 미오
로보코 씨　사쿠라 미코　AZKi

소라토모 여러분

Shift Novel

토키노 소라
버츄얼 아이돌이지만 응원해 주실 건가요?

2025년 11월 24일 초판 인쇄
2025년 12월 05일 초판 발행

원작·원안 커버 주식회사
저자 우즈키 류노스케
일러스트 오르단
옮긴이 이경인

발행인 김석환
편집인 박효선
편집팀장 이주은
책임편집 신재명
국제업무 이주은, 이현아
영업마케팅 배준석, 최정수
표지디자인 이은영

펴낸 곳 (주)YNK MEDIA
주소 서울특별시 영등포구 은행로 11 일신빌딩 8층 YNK MEDIA
전화번호 02-3215-9556
팩스 02-3775-4705
출판등록 제2016-000169호

TOKINO SORA
VIRTUAL IDOL DAKEDO OUEN SHITEKUREMASUKA ?

ISBN 979-11-7320-993-2 (03830)